Victoria Ocampo, concentrado de tensões

Karina de Castilhos Lucena

VICTORIA OCAMPO

concentrado de tensões

Porto Alegre, RS
2024

coragem

© Karina de Castilhos Lucena, 2024.
© Editora Coragem, 2024.

A reprodução e propagação sem fins comerciais do conteúdo desta publicação, parcial ou total, não somente é permitida como também é encorajada por nossos editores, desde que citadas as fontes.

www.editoracoragem.com.br
contato@editoracoragem.com.br
(51) 98014.2709

Produção editorial e diagramação: Thomás Daniel Vieira.
Revisão: Laura Rossini dos Santos.
Arte da capa: Cintia Belloc.
Coordenação: Camila Costa Silva.

Porto Alegre, Rio Grande do Sul.
Outono de 2024.

Dados Internacionais de Catalogação na Publicação (CIP)

L935v Lucena, Karina de Castilhos
        Victoria Ocampo, concentrado de tensões (e unas cositas más sobre literatura argentina) / Karina de Castilhos Lucena. – Porto Alegre: Coragem, 2024.
        136 p.

        ISBN: 978-65-85243-15-5

        1. Ocampo, Victoria. 2. Literatura argentina. 3. Escritora argentina. 4. Editora argentina. 5. Tradutora argentina. I. Título.

                                                        CDU: 860(82)

Bibliotecária responsável: Jacira Gil Bernardes – CRB 10/463

O textos aqui reunidos foram originalmente publicados na revista Parêntese do grupo Matinal Jornalismo entre junho e setembro de 2023.

Victoria Ocampo

Da estação Retiro de Buenos Aires
parte o trem rumo a San Isidro.
Caminhando nove quadras sentido
rio, à direita estará Villa Ocampo.
O pai de Victoria construiu a casa
no ano de mil oitocentos e noventa
e nesse ano também nasceu Victoria.
Como filha pouco pôde fazer
depois, herdeira, recebeu artistas,
letrados, atrizes, tipos variados
pintou de branco madeira de lei
e se livrou da mobília paterna.
Entraram pra história seus recitais
com Lorca, Stravinsky, Roger Caillois.
Cercada de livros e criados
acusou de barbárie o peronismo,
ficou vinte e sete dias presa

aos sessenta e três anos de idade
cidadã de alta periculosidade.
Sendo até a medula feminista
negou voto proposto por Evita.
Integrou o Fundo Nacional das Artes
enquanto governavam militares.
Fundou a revista mais celebrada
do país, manteve sob seu domínio
o falo do cânone nacional.
Pegou o ensaio, gênero masculino,
torceu e encaixou autobiografia.
Fez tudo sempre em primeira pessoa:
tradução, crítica, diplomacia.
Morreu mais pobre do que nasceu
sozinha na casona que herdou.
Investiu em literatura a plata
que sua família queria nas vacas.

Sumário

Apresentação 13

1. Capataz da cultura argentina 17

2. A mecenas de Sur 25

3. Tradução em primeira pessoa 37

4. Victoria Ocampo, escritora 45

5. Correspondente: cartas e relatos de viagens 55

6. Polímata 63

7. Villa Ocampo 71

8. Feminista 77

9. Victoria e Evita 85

10. Victoria Ocampo, concentrado de tensões 93

Apêndice – Dois monumentos literários:
    o livro de Vargas Llosa sobre Borges 101

Bibliografia citada 127

Apresentação

Poema não se explica, eu sei. Mas isso é pra quem tem pretensões de poeta, o que não é o meu caso. O poema que a cara leitora e o prezado leitor encontraram umas páginas atrás surgiu de um exercício de escrita proposto pelo Leonardo Antunes, poeta e tradutor do grego, meu colega no Instituto de Letras da UFRGS. Também somos colegas do Andrei Cunha, tradutor do japonês, e da Denise Sales, tradutora do russo, e juntos oferecemos há alguns anos uma disciplina compartilhada sobre tradução literária no Programa de Pós-Graduação em Letras da UFRGS – a parceria com esses três queridos colegas tem sido das coisas que mais me animam na docência universitária.

Na última edição de nossa disciplina, o Leo transformou o módulo sob sua responsabilidade em uma oficina de escrita criativa. O meu módulo foi sobre Victoria Ocampo, com centro em sua atuação como tradutora e editora de traduções. Topei o desafio do Leo e conectei as duas coisas, apresentei na oficina o poema sobre Victoria Ocampo. Foi um exercício muito estimulante, me fez selecionar em tudo que venho acumulando sobre Ocampo aquilo que considero mais relevante, um concentrado das inúmeras atuações dessa mulher extraordinária.

Concentrado de tensões é um aporte metodológico que venho percorrendo a partir de Walter Benjamin, em especial as teses *Sobre o conceito de história* (1940). Algumas escolas, autores, obras concentram as tensões de determinado período e estudá-los no detalhe permite compreender para além deles. São forças irradiadoras, como Victoria Ocampo. Foi esse procedimento que orientou a escrita deste perfil e espero que cada uma das dez partes em que ele está dividido torne evidente essa complexidade. Se o poema de abertura funcionou, e se é que dá pra chamá-lo de poema, estão agrupados ali diferentes ângulos sobre Victoria Ocampo, suas contribuições à cultura argentina do século XX, suas contradições políticas.

Só me dei conta depois que talvez inconscientemente estivesse imitando Vargas Llosa. O que é um problema, basta ver que tipo de candidato ele vem apoiando nas eleições presidenciais dos países latino-americanos. Eu sei, *Conversa na Catedral* é maravilhoso, mas vamos combinar, né? Acontece que em 2021 escrevi um ensaio sobre *Medio siglo con Borges*, livro que Vargas Llosa tinha publicado um ano antes, uma reunião de seus ensaios sobre o escritor argentino. Llosa inclui nesse livro um poema sobre Borges em que faz um balanço das inúmeras contradições do escritor e um grande elogio à sua ficção. Longe de mim me comparar a Vargas Llosa, só achei que valia a pena trazer o ensaio que escrevi para este livro sobre Victoria, até porque Borges e Victoria são conterrâneos, contemporâneos, companheiros em projetos definidores da cultura argentina.

Os ensaios sobre Victoria Ocampo e sobre o Borges de Vargas Llosa foram publicamos primeiramente na Revista Parêntese, vinculada ao Grupo Matinal Jornalismo, de Porto Alegre. É uma alegria contar com esse espaço qualificado de circulação e debate de ideias, vai meu agradecimento a Luís Augusto Fischer, o criador da revista. Para este livro, os textos foram revisados e ampliados.

Agradeço também às alunas, orientandas, amigos e colegas que pacientemente escutaram minhas elucubrações sobre Victoria nos últimos tempos. E ao Homero, que convive diariamente com as minhas obsessões.

1. Capataz da cultura argentina

Chamar Victoria Ocampo (Buenos Aires, 1890 – 1979) de capataz soa obviamente como provocação. Que não é minha, é de Beatriz Sarlo, no livro *Modernidade periférica*: "No curso de todas essas operações contrárias a um sistema de preconceitos sexuais e morais, Victoria Ocampo investe na literatura o capital simbólico (refinamento, viagens, línguas estrangeiras) que sua família lhe havia confiado apenas para que gastasse no consumo ostentador e distinguido. [...] É, como se viu, uma história custosa, em que a abundância material e os tiques do esnobismo não devem ocultar os esforços da ruptura. Essa história culmina com êxito quando Victoria Ocampo, em 1931, se converte numa espécie de capataz cultural rio-platense. No mesmo momento, começará a reger seu corpo com a liberdade dos homens"[1].

A citação de Sarlo dá o tom deste perfil que está dividido em dez partes. Contar a história de Victoria Ocampo a partir de suas contradições; transgressora demais para o núcleo familiar e a elite cultural portenha do início do século XX, conservadora demais para os setores populares que vão se organizar em torno do peronismo, Victoria Ocampo construiu uma persona capaz de transitar e ditar regras num ambiente marcadamente masculino. Isso tem um preço: para manter-se nessa posição, fez vista grossa ou se isentou em momentos chave da política Argentina ao longo dos 60 anos em que ocupou o lugar de figura pública relevante. Foi, por outro lado, alvo mais exposto que os homens de sua classe, presa aos 63 anos durante a segunda presidência de Perón. Chamá-la de capataz guarda um fundo de machismo: como lidar com mulheres que se destacam em ambientes

---

1. SARLO, Beatriz. *Modernidade periférica: Buenos Aires 1920 e 1930*. Tradução de Júlio Pimentel Pinto. São Paulo: Cosac Naify, 2010, p. 170-171.

1. Capataz da cultura argentina

que lhe são hostis? Guarda também as contradições da personalidade de Victoria, que usou expedientes tidos como monopólio masculino principalmente em círculos de poder.

Filha mais velha das seis que Manuel Ocampo viria a ter – deve ter sido no mínimo decepcionante para ele não contar com um filho homem para gerir a fortuna da família – Victoria Ocampo cumpriu até os vinte e poucos anos o rito traçado às mulheres de sua classe: educação em casa em francês e em inglês, viagens constantes à Europa, casamento mais ou menos arranjado. Aos poucos foi percebendo que poderia empregar seus privilégios em negócios considerados supérfluos por seu núcleo, mas valiosos para ela. O ápice se dá em 1931 com a fundação da Revista Sur – 1931 é também o ano da morte do pai; em 1933, Sur se torna também editora. Alinhada às vanguardas das principais cidades europeias e atenta às novidades vindas da então emergente Nova York, Sur vai ocupar posição central no campo cultural argentino dos anos 1930 a 50, resenhando e traduzindo autores estrangeiros até então ausentes no circuito nacional, patrocinando espetáculos com nomes internacionais badalados. Obviamente isso tudo não é obra apenas de Victoria, nem mesmo de Sur: integra o movimento geral de modernização de Buenos Aires tão bem estudado por Sarlo no livro citado.

Sur representa o âmbito privado da atuação de Victoria Ocampo e de outros mecenas da aristocracia portenha, a transferência da fortuna pessoal para um projeto intelectual audacioso. Embora se saiba que o mecenato privado deve ser lido com o pano de fundo do golpe militar que derrubou o presidente Yrigoyen e colocou o general Uriburu no poder em 1930, como demonstrou Sergio Miceli[2], ainda se trata de empreendimento relativamente autônomo em relação à política institucional. Não é o que acontece entre 1958 e 1973 quando Victoria Ocampo vai integrar a diretoria do Fundo Nacional das Artes, autarquia criada em 1958 durante o governo do general Aramburu, também alçado ao poder via golpe militar. Victoria renuncia ao posto em 1973, quando já se confirmava o retorno de Perón como presidente eleito. Isso não quer dizer, obviamente, que Ocampo compactuou irrestritamente com o autoritarismo dos militares de turno; por outro lado, omitir o

---

2. MICELI, Sergio. *Sonhos da periferia: inteligência argentina e mecenato privado*. São Paulo: Todavia, 2018.

1. CAPATAZ DA CULTURA ARGENTINA

período em que esteve à frente do Fundo Nacional das Artes, como acontece em nem tão poucos estudos sobre ela, é ocultar parte relevante de sua atuação pública. Nesse órgão, Victoria transformou em política de estado diretrizes que estavam em Sur e que deixaram marcas positivas e duradouras na cultura argentina, principalmente na área da tradução. Segundo Patricia Willson, "à frente desse órgão nacional mas autárquico [o Fundo Nacional das Artes], Victoria editou traduções das 'grandes obras da literatura universal', buscando 'os melhores tradutores', e pagando melhor do que pagavam habitualmente as grandes editoras".[3]

Como se vê, uma mulher com presença destacada na esfera cultural argentina. Este perfil tem como premissa que Victoria Ocampo pode ser lida como um concentrado das tensões que atravessam a cultura argentina no século XX. Suas contribuições para os campos da literatura, tradução, arquitetura, teatro, música, bem como suas contradições dentro do debate feminista e seus atritos com o peronismo nos apresentam um retrato eloquente dessa elite

---

3. WILLSON, Patricia. *Página impar: Textos sobre la traducción en Argentina: conceptos, historia, figuras*. Buenos Aires: EThos Traductora, 2019, p. 176.

ansiosa por ser incluída no circuito internacional das artes. Mulheres extraordinárias escreveram sobre Victoria Ocampo na Argentina: Beatriz Sarlo[4], María Esther Vázquez[5], María Teresa Gramuglio[6], Sylvia Molloy[7], Patricia Willson[8], Irene Chikiar Bauer[9] para citar apenas algumas. A bibliografia em espanhol sobre Ocampo é vasta e qualificada, à altura da complexidade da figura. No Brasil, embora Victoria e Sur sejam assunto corrente entre sociólogos e historiadores interessados em compreender o campo cultural argentino,

---

4. No já citado *Modernidade periférica* e também em *La máquina cultural: maestras, traductores y vanguardistas*. Buenos Aires: Seix Barral, 2007.

5. VÁZQUEZ, María Esther. *Victoria Ocampo: el mundo como destino*. Buenos Aires: Seix Barral, 2003.

6. GRAMUGLIO, María Teresa. Sur: constitución del grupo y proyecto cultural. *Punto de Vista*, Buenos Aires, año VI, n.17, 1983; Sur en la década del 30, una revista política. Punto de Vista, Buenos Aires, Año IX, n.28, 1986.

7. OCAMPO, Victoria. *La viajera y sus sombras: Crónica de un aprendizaje*. Selección y prólogo de Sylvia Molloy. Buenos Aires: Fondo de Cultura Económica, 2010.

8. Em *Página ímpar* e também *La Constelación del Sur: traductores y traducciones en la literatura argentina del siglo XX*. Buenos Aires: Siglo XXI editores, 2017.

9. OCAMPO, Victoria. *El ensayo personal*. Introducción y selección de Irene Chikiar Bauer. Buenos Aires: Mardulce, 2021.

1. Capataz da cultura argentina

ainda são tímidos os estudos nas áreas da literatura, da tradução, da música, da arquitetura e demais âmbitos em que Victoria atuou. Arrisco dizer que por aqui Silvina Ocampo, *la hermana menor*, circula mais que Victoria, em especial depois das traduções recentes de seus contos e da biografia escrita por Mariana Enriquez[10]. Salvo engano, nenhum texto de Victoria Ocampo tem tradução brasileira[11].

---

10. OCAMPO, Silvina. *A fúria*. Tradução de Livia Deorsola. São Paulo: Companhia das Letras, 2019; e *As convidadas*. Tradução de Livia Deorsola. São Paulo: Companhia das Letras, 2022. ENRIQUEZ, Mariana. *A irmã menor: um retrato de Silvina Ocampo*. Tradução de Mariana Sanchez. Belo Horizonte: Relicário, 2022.
11. A editora Bazar do Tempo anunciou para 2024 a publicação da correspondência entre Victoria Ocampo e Virginia Woolf. Maravilha!

2. A mecenas de Sur

A fundação da revista Sur, em 1931, e da editora de mesmo nome, em 1933, ainda são os grandes projetos assinados por Victoria Ocampo. Embora seja exagerado creditar somente a ela um projeto que sobreviveu após sua morte, em 1979 – a revista foi publicada, mesmo que de forma descontínua, de 1931 a 1992; a editora segue atuante, agora sob os desígnios da Fundación Sur –, é inegável que a revista dependeu de suas ideias, seus contatos e seu dinheiro mais do que dependeu dos demais colaboradores. Maria Teresa Gramuglio, depois de apresentar o grupo fundador de Sur, reconhece a centralidade de Victoria:

A revista manteve desde sua fundação um núcleo estável que persistiu ao longo de anos, cuidando-se para que ele estivesse presente em todos os números publicados. No primeiro número, a lista incluía um Conselho Estrangeiro, integrado pelo músico suíço Ernest Ansermet, o escritor francês Pierre Drieu La Rochelle, o italiano Leo Ferrero, o norteamericano Waldo Frank, o dominicano Pedro Henríquez Ureña, o mexicano Alfonso Reyes, o espanhol José Ortega y Gasset e o franco-uruguaio Jules Supervielle. Este era logo seguido de um Conselho de Redação, integrado por figuras locais: Jorge Luis Borges, Eduardo J. Bullrich, Oliverio Girondo, Alfredo González Garaño, Eduardo Mallea, María Rosa Oliver e Guillermo de Torre [...]. Quais fatores fizeram que aparecessem reunidas pessoas provenientes de âmbitos tão diversos, com trajetórias culturais tão díspares, algumas das quais, como no caso do Conselho Estrangeiro, provavelmente nunca se haviam encontrado? Em primeiro lugar, é decisivo o fato de que esses colaboradores faziam parte da rede de relações pessoais de Victoria Ocampo.[12]

---

12. GRAMUGLIO, Maria Teresa. Sur: uma minoria cosmopolita na periferia ocidental. Tradução de Fábio Cardoso Keinert. *Tempo Social, revista de sociologia da USP*, v. 19, n. 1, jun. 2007, p. 52.

2. A mecenas de Sur

Uma olhada no sumário da primeira edição da revista[13], publicada no verão de 1931, dá a conhecer a participação dos fundadores como autores de textos de gêneros variados (cartas, artigos, relatos de viagem) sobre literatura, arquitetura, música, teatro, cinema, pintura demarcando a linha editorial ampla de Sur.

Na primeira fase da revista, que costuma ser demarcada da fundação até 1945 – data chave nos cenários nacional e internacional: ascensão do peronismo e fim da segunda guerra –, o grupo teve que lidar com a política local argentina, que inclui golpe de estado e o impacto do crack de 1929 na economia, e com o cenário europeu atravessado por franquismo na Espanha, fascismo na Itália, nazismo na Alemanha. Sur tentou encampar o discurso de revista apolítica que, por óbvio, não se sustenta. Sergio Miceli defende que "*SUR* insistia em se alhear da política doméstica, mas se viu intimada a romper o resguardo diante de impasses externos, recuo que reverberou e abriu frinchas na

---

13. Os números de Sur estão digitalizados e podem ser consultados no site da Biblioteca Nacional Argentina: https://catalogo.bn.gov.ar/F/?func=direct&doc_number=001218322&local_base=GENER.

SUMARIO

VICTORIA OCAMPO
CARTA A WALDO FRANK

WALDO FRANK
LA SELVA

DRIEU LA ROCHELLE
CARTA A UNOS DESCONOCIDOS

ALFONSO REYES
COMPAS POETICO

JULES SUPERVIELLE
NOTAS DE VIAJE A OURO PRETO

EUGENIO D'ORS
LOS CUATROS ORDENES DE LA ARQUITECTURA PICASSIANA

RICARDO GÜIRALDES
DE UN EPISTOLARIO

ERNEST ANSERMET
LOS PROBLEMAS DEL COMPOSITOR AMERICANO

JORGE LUIS BORGES
EL CORONEL ASCASUBI

WALTER GROPIUS
EL TEATRO TOTAL

NOTAS

A. R.: Un paso de América – *Benjamin Fondane:* El cinema en el atolladero – *V. O.:* La aventura del mueble: *J. L. B.:* Séneca en las orillas – *Alberto Prebisch:* Precisiones de Le Corbusier – *Guillermo de Torre:* Nuevos pintores argentinos – *Francisco Romero:* Noticia y vejámen del "alacraneo" – *Enrique Bullrich:* Ansermet y el sentido de una obra cultural.

Sumário da primeira edição da revista, publicada no verão de 1931.

2. A mecenas de Sur

tentativa feita até então de apartar-se de contenciosos e de forças políticas nativas"[14].

Nesse ponto, a centralidade de Victoria se reafirma, caberá a ela romper ou esgarçar laços com quem lhe era muito próximo. De Ortega y Gasset, que havia publicado a segunda edição de seu ensaio *De Francesca a Beatrice*, em 1928, na Revista de Occidente, se afastou em 1939 quando ele se aproximou de aliados do regime de Franco. De Drieu de la Rochelle, com quem Victoria teve envolvimento amoroso, se distanciou à medida que sua adesão à extrema direita alemã foi ficando mais evidente. No quarto tomo de seus *Testimonios* (1950), Victoria relativiza o apoio de Drieu ao nazismo, talvez ainda sob impacto do suicídio do escritor, em 1945; mas em 1962, quando tem acesso ao seu diário pessoal, se espanta e escreve à irmã Angélica: "o diário de Drieu é horrível, não viu nada, só o que imaginava ou queria ver do nazismo".[15]

---

14. MICELI, Sergio. *Sonhos da periferia: inteligência argentina e mecenato privado*. São Paulo: Todavia, 2018, p. 52-53.
15. BAUER, Irene Chikiar. Victoria Ocampo: testimonios de una ensayista personal. In: OCAMPO, Victoria. *El ensayo personal*. Introducción y selección de Irene Chikiar Bauer. Buenos Aires: Mardulce, 2021, p. 58.

Victoria e Sur condenarão os totalitarismos europeus da primeira metade do século XX e farão vista grossa para o autoritarismo da oligarquia argentina que toma o poder nos anos 1930. Com o peronismo, muda essa postura de alienação da política nacional. O clássico número 237 de Sur, que saúda o golpe de 1955 como reconstrução nacional, dá uma mostra eloquente dessa virada.

É nesse número que Victoria publica *La hora de la verdad*, artigo em que parte de sua prisão em 1953, durante o governo de Perón, para declarar apoio aos militares que o depuseram em 1955.

> Durante esses últimos anos de ditadura, não era necessário alojar-se no Buen Pastor ou na penitenciária para ter a sensação de vigilância contínua. Era sentida, repito, nas casas de família, na rua, em qualquer lugar e com características talvez mais sinistras por ser encobertas. [...] não podíamos enviar uma carta pelo correio, por mais inocente que fosse, sem temer que fosse lida. Nem dizer uma palavra ao telefone sem suspeitar que a escutavam e talvez registravam. E nós, os escritores, não tínhamos o direito de expressar nosso pensamento íntimo, nem nos jornais, nem nas revistas, nem nos livros, nem nas conferências – que nos impediam de pronunciar – pois tudo era censura e zonas proibidas. E a

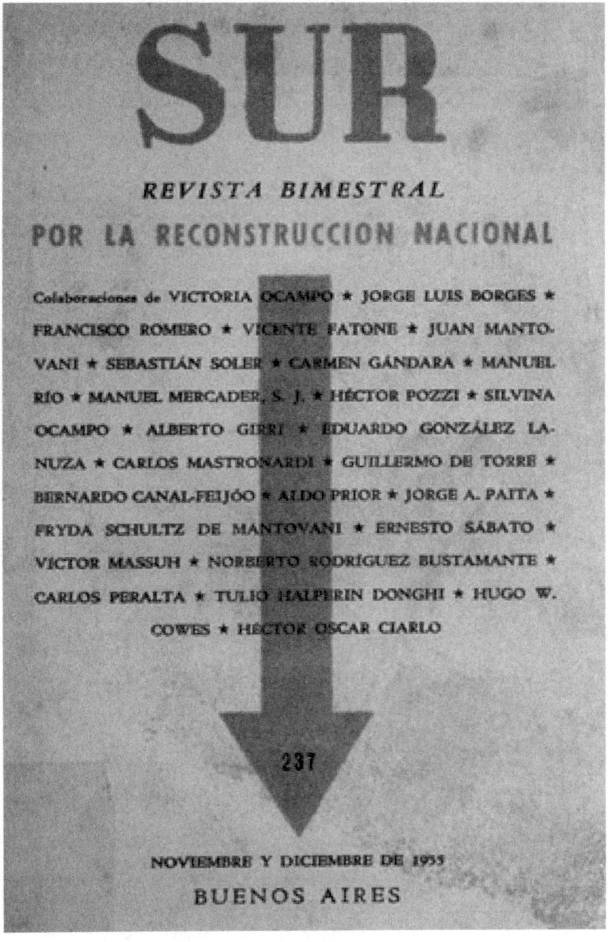

Número 237 da revista Sur.

polícia – ela sim tinha todos os direitos – podia dispor de nossos documentos e ler, se tivesse vontade, cartas escritas vinte anos antes do complô das bombas de 1953 na Plaza de Mayo; complô que me acusam de participar só porque sou "do contra". [...] O que acabamos de viver demonstrou a magnitude do perigo. Façamos votos para que não seja esquecido: aproveitemos uma lição tão cruel e que poderia ter sido ainda mais se o impulso de alguns homens que arriscaram suas vidas não tivesse intervindo de forma milagrosa. Não imaginemos que esses homens possam, por meio de novos milagres, resolver nossos problemas, infinitamente complexos, no lapso de tempo tão curto como o da interminável semana da revolução. Vamos ajudá-los com toda nossa boa vontade, com toda nossa preocupação de verdade e de probidade intelectual. Essa deve ser a forma e a prova de nosso imenso agradecimento.[16]

É de embrulhar o estômago. Pelo menos pra quem não tem tanta certeza que seja justo chamar o governo eleito de Perón de ditadura, embora a perseguição a intelectuais de elite opositores ao peronismo efetivamente tenha acontecido, e a prisão arbitrária de Victoria Ocampo talvez seja

---

16. Selecionei e traduzi trechos do texto de Victoria Ocampo, o original pode ser consultado no site da Biblioteca Nacional Argentina já informado anteriormente.

2. A mecenas de Sur

o exemplo mais extremado. Nesse texto, Victoria toma claramente partido quanto à política argentina e convoca demais intelectuais a fazerem o mesmo, postura que na primeira fase de Sur se reservava à política internacional. Como vimos, o apoio de Victoria não se restringiu às páginas de sua revista, ela integrou a diretoria do Fundo Nacional das Artes (FNA) de 1958 a 1973, exatamente o período que separa o segundo do terceiro mandato de Perón.

Na fase em que Victoria se dividiu entre o FNA e Sur, a revista entrou em declínio, explicado não só pelo novo cargo da grande mecenas. A virada à esquerda do campo intelectual latino-americano depois da revolução cubana também contribui nas restrições à pretensa posição liberal de Sur. Ainda assim, como lembra Maria Teresa Gramuglio, "a projeção latino-americana da revista manteve-se amplamente registrada nos testemunhos dos escritores do boom, como Guillermo Cabrera Infante, Gabriel García Márquez, Carlos Fuentes e Mario Vargas Llosa, que recordavam a avidez com que esperavam a revista em seus países e o acesso à literatura contemporânea obtido graças às traduções de Sur. Em 1971, a revista Casa de las

Américas, apesar da notória oposição de Victoria Ocampo à revolução cubana, reconhecia que seria injusto negar o que a América Latina devia ao periódico argentino".[17]

Nesse mesmo ano de 1971, sai outro número clássico de Sur, dedicado à mulher.

A periodicidade bianual dá notícia do declínio de Sur, que chegou a ser mensal no período áureo de 1935 a 1951. Mas a temática feminista desse número reafirma a vitalidade de Victoria Ocampo, aos 81 anos de idade atualizando-se e debatendo um tema que lhe foi caro desde sempre.

A menção de Gramuglio aos autores do boom que esperavam avidamente pelas traduções de Sur dá a deixa para tratarmos brevemente da editora. Durante os anos 1930 a 1950, Buenos Aires foi "a meca editorial da América Latina"[18], esse período se consagrou como a "época de ouro

---

17. GRAMUGLIO, Maria Teresa. Sur: uma minoria cosmopolita na periferia ocidental. Tradução de Fábio Cardoso Keinert. *Tempo Social, revista de sociologia da USP*, v. 19, n. 1, jun. 2007, p. 61-62.
18. WILLSON, Patricia. *Página impar: Textos sobre la traducción en Argentina: conceptos, historia, figuras*. Buenos Aires: EThos Traductora, 2019, p. 92.

2. A MECENAS DE SUR

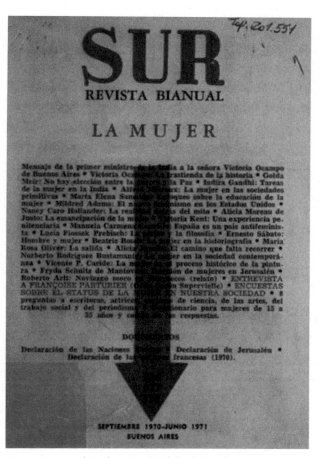

Edição da revista Sur dedicada à mulher.

da indústria editorial argentina".[19] A editora Sur participa ativamente desse circuito, traduzindo para o espanhol pela primeira vez textos contemporâneos publicados principalmente em francês e inglês. Para ficar nos exemplos ótimos, Jorge Luis Borges tradutor de Virginia Woolf (*Un cuarto propio*, em 1936 [original de 1929], *Orlando*, em 1937 [original de 1928]); Jose Bianco tradutor de Samuel Beckett (*Malone muere*, em 1958 [original de 1951]); Victoria Ocampo tradutora de T. E. Lawrence (*El troquel*, em 1955 [original, póstumo, também de 1955])[20]. A atuação de Victoria como tradutora e da editora Sur como propulsora de traduções relevantes para a língua espanhola são outro aspecto admirável de sua trajetória.

---

19. DE DIEGO, José Luis (dir.). *Editores y políticas editoriales en Argentina (1880-2010)*. Buenos Aires: Fondo de Cultura Económica, 2014, p. 97.
20. Sobre os estilos tradutórios de Borges, Bianco e Ocampo ver WILLSON, Patricia. *La Constelación del Sur: traductores y traducciones en la literatura argentina del siglo XX*. Buenos Aires: Siglo XXI editores, 2017.

3. Tradução em primeira pessoa

O temperamento de vanguarda de Victoria Ocampo não se restringiu à sua obra autoral, sua vida pessoal e sua posição de mulher pública. À área da tradução, para a qual foi determinante como tradutora e editora, ela também incorporou procedimentos inéditos e provocativos em relação às vertentes mais tradicionais. E, como costuma acontecer, gerou contradições que tornam tudo mais interessante.

Patricia Willson[21] demonstrou a presença da primeira pessoa nas escolhas de Victoria Ocampo

---

21. WILLSON, Patricia. Traducción y primera persona en Victoria Ocampo. In: *Página impar: Textos sobre la traducción en*

como tradutora e como editora de traduções. Essa presença atualiza um tema recorrente nos estudos da tradução, quanto à visibilidade ou invisibilidade do tradutor nos textos que traduz. Durante muito tempo se alimentou a ideia de que o tradutor deve ser invisível, servil e fiel ao texto original, que o texto traduzido não deve causar estranhamento ao leitor da tradução. Esses princípios ainda vigoram, especialmente entre não especialistas em tradução e em parcela considerável do meio editorial, mas nos estudos acadêmicos essas premissas vêm sendo problematizadas.

Resumindo muito grosseiramente os argumentos de Lawrence Venuti[22], um dos principais nomes desse debate, a fluência do texto traduzido e a invisibilidade do tradutor são questões mais político-ideológicas do que linguísticas, têm a ver com certa norma do mundo anglófono imposta a todos como universal. O padrão que impõe que os textos traduzidos sejam lidos como se tivessem

---

Argentina: conceptos, historia, figuras. Buenos Aires: EThos Traductora, 2019.
22. VENUTI, Lawrence. *A invisibilidade do tradutor: uma história da tradução.* Tradução de Laureano Pelegrin e outros. São Paulo: Editora da Unesp, 2021, p. 21-25.

3. Tradução em primeira pessoa

sido escritos na cultura que os recebe, que apaga diferenças e marcas culturais, alimenta, nos termos de Venuti, "um narcisismo cultural que é pura satisfação pessoal". E ele segue: "não é apenas o caso de o tradutor realizar um ato interpretativo, mas também de os leitores precisarem aprender a interpretar as traduções como traduções, como textos em si mesmos, a fim de perceberem os efeitos éticos dos textos traduzidos".

No campo da tradução, a perspectiva de Venuti é tida como inovadora, valorativa do papel do tradutor, que passa a ser um agente com autoridade sobre o texto que traduz, um intérprete sofisticado das culturas que media, na contramão das noções de servilidade, traição e literalismo tão associadas ao tradutor. Se voltamos a Victoria Ocampo, encontramos mais uma de suas tantas contradições. Patricia Willson demonstrou que convivem nela opiniões conservadoras sobre tradução (os bons textos sobrevivem às más traduções, a poesia é intraduzível) e ações arrojadas quando traduz ou edita traduções. Esse contraste fica evidente no texto de apresentação ao número que a revista Sur dedicou aos *Problemas de la traducción*, publicado em 1976. Nesse texto, depois de contar algumas anedotas de amigos franceses que odiavam Shakespeare porque os tradutores fracassaram, Victoria assume a posição de autoridade na área e diz:

> Este número de Sur quer esclarecer duas questões:
> 1) a tradução é importante em si e exige um tradutor que conheça sua profissão a fundo;
> 2) a remuneração desse tradutor deve estar à altura de seu trabalho, de sua capacidade e há que considerá-lo – já que está dentro de certa hierarquia artística – como um intérprete, que se aproxima do pianista ou do cantor.[23]

Reconhecer a importância do tradutor no campo artístico e cultural e advogar por uma remuneração justa são ações que Victoria pôs em prática tanto em Sur quanto no Fundo Nacional das Artes, e que estavam longe de ser consensuais em seu círculo de atuação. Como tradutora, seus feitos são ainda mais arrojados porque ela inventou um jeito de estar visível no texto traduzido ao mesmo tempo em que adota o literalismo como estratégia de tradução, algo, de novo, nada simples de se conciliar.

---

23. Esse e os demais números de Sur estão disponíveis na página da Biblioteca Nacional Argentina: https://catalogo.bn.gov.ar/F/?func=direct&doc_number=001218322&local_base=GENER. A tradução do trecho é minha.

3. Tradução em primeira pessoa

Traduções literais, por princípio, apagam o tradutor, que costuma aparecer mais em traduções criativas, mas isso também não é tão simples assim.

No caso de Victoria, é o que Patricia Willson chama de tradução em primeira pessoa: "para Ocampo, o tradutor diz *eu* em suas traduções, mas segundo duas modalidades diferentes. De um lado, mediante a inclusão de prólogos de tradução e notas de rodapé, as duas intervenções paratextuais mais visíveis de um tradutor; por outro, mediante estratégias de tradução que tendem a uma literalidade ostensiva, às vezes estéril, em relação ao texto fonte"[24]. Ou seja, o literalismo de Victoria consiste em deixar parte importante do texto em língua estrangeira para que ela possa incluir notas de tradução.

A tradução de Ocampo para o livro *The Mint*, de T. E. Lawrence, costuma aparecer como exemplo desse procedimento. Algumas notas de Ocampo:

- Medio minuto, *Bo**.
* Modo de llamarse unos a otros los aviadores, similar al che. (N. del T.)

- Entonces bajamos el pantalón sobre los *puttees** hasta ocultar su juntura.

---

24. WILLSON, 2019, p. 167, tradução minha.

> * Vendas de tela que se enrollan a la pierna desde el tobillo hasta la rodilla a manera de polaina. En francés, "bande molletière". (N. del T.)[25]

Na primeira nota, Ocampo opta por deixar a expressão estrangeira no corpo do texto para poder explicá-la com toda liberdade no rodapé, demarcando também que o espanhol que utiliza em sua tradução é o argentino, que não pretende trabalhar com uma língua estândar, por exemplo, que circule entre diferentes falantes de espanhol sem estranhamentos maiores. Por óbvio, essa escolha só é possível porque Sur é orgulhosamente argentina e, mais importante, Victoria é a dona da editora; talvez essa liberdade não lhe fosse garantida como tradutora de uma editora comercial qualquer.

Na segunda nota, em vez de traduzir *puttees* por polaina ou algo nessa linha, Victoria inclui a explicação em nota e, pasmem, a tradução para o francês, numa exibição de seu trilinguismo. Como se vê, são notas a serviço do texto, claro, mas também a serviço da tradutora, que interrompe constantemente o fluxo da leitura para se fazer visível. Algumas notas são claramente desnecessárias, mas a

---

25. Citado em WILLSON, Patricia. *La Constelación del Sur: traductores y traducciones en la literatura argentina del siglo XX*. Buenos Aires: Siglo XXI editores, 2017, p. 105-106.

3. Tradução em primeira pessoa

estratégia rende uma provocação interessante para os estudos da tradução, como renderam as estratégias e reflexões de Borges – *As duas maneiras de traduzir, As versões homéricas, Os tradutores das Mil e uma noites* são textos já incorporados à bibliografia da área.[26]

Essa primeira pessoa que se manifesta nas notas de tradução será a mesma que escreverá *Autobiografias*, *Testimonios*, ensaios pessoais – Victoria Ocampo não separa seu exercício como tradutora de sua obra autoral, o que também é privilégio de poucos. Seja como for, a presença de uma voz autoral beirando o confessional em gêneros nos quais não é esperada força os limites desses gêneros e, em alguns casos, põe em dúvida certos consensos sobre sua estabilidade. Muito já se escreveu sobre a relação irreverente que os escritores argentinos têm com os gêneros: o ensaio-romance de Sarmiento, o anti-romance de Macedonio Fernández, os contos-ensaio de Borges, as misceláneas de Cortázar, os romances-ensaio de Piglia. Victoria também participa dessa tradição.

---

26. Um excelente estudo sobre: WAISMAN, Sergio. *Borges y la traducción*. Traducción de Marcelo Cohen. Buenos Aires: Adriana Hidalgo editora, 2005.

4. Victoria Ocampo, escritora

O primeiro texto de fôlego publicado por Victoria Ocampo foi o ensaio *De Francesca a Beatrice*, de 1924, uma leitura bastante pessoal de *A Divina Comédia*. Pessoal não quer dizer que Victoria tenha aportado alguma novidade à interpretação do poema de Dante e sim que ela se apropriou do texto para elaborar questões próprias, amorosas, inclusive. Essa é a versão que conta em sua *Autobiografia*: "Minha necessidade de comentar *A Divina Comédia* nascia de uma tentativa de me aproximar da porta de saída de *meu drama pessoal*, bem como de meu real entusiasmo pelo poeta florentino, meu irmão. Hoje comprovo, sem amargura, que não disse nada sobre esse poema [...]. Mas essas tentativas, vãs quanto a seu êxito literário, me enriqueceram internamente".[27]

Essa postura de escrever mais para se entender do que para entender o texto ou autor estudado marcará a produção autoral de Victoria Ocampo, coerentemente organizada em dez tomos de *Testimonios* e seis de *Autobiografía*. Os *Testimonios*, Victoria publicou ao longo dos quase noventa anos que viveu; a *Autobiografía* – mais íntima, com detalhes sobre sua vida afetiva – só sairia depois de sua morte, atendendo ordem expressa de Victoria. Mas, em se tratando de mulher pública com o poder que sempre concentrou Ocampo, mesmo a intimidade tem interesse social. A síntese, pra variar, é de Beatriz Sarlo, em comentário sobre *De Francesca a Beatrice*: "Livro que cumpre uma dupla função: tirar a tranquilidade do meio rio-platense de que Victoria Ocampo está se afastando; tranquilizar a própria Victoria sobre suas possibilidades intelectuais [...]. Ela tocou o limite do socialmente aceitável, dos preconceitos em que se cruzam gênero sexual e gênero literário (o que uma mulher pode e não

---

27. OCAMPO, Victoria. *Autobiografía III: La rama de Salzburgo*. Buenos Aires: SUR, 1981, p. 98. Tradução minha.

4. Victoria Ocampo, escritora

pode fazer com a literatura?), da legitimidade de determinados temas e da explicitação das relações entre ordem literária e ordem autobiográfica".[28]

Victoria tira a tranquilidade de seu meio porque não era de bom tom que uma mulher de sua classe se expusesse tanto, e isso que ela censurou a parte mais quente de sua autobiografia. Mesmo assim, as relações e desejos de Victoria aparecem nos textos que publicou em vida, independentemente do gênero adotado. A longa nota que ela inclui em ensaio sobre Lawrence da Arábia é uma mostra clara de sua intromissão em tudo que escreve. Transcrevo-a completa apesar da extensão e peço a paciência da leitora, vai valer a pena[29]:

> Há um elemento dramático na vida da família Lawrence (esse sobrenome foi adotado, não era o verdadeiro). O pai e a mãe de nosso herói se uniram como marido e mulher e assim viveram pelo resto de sua vida, na mais contínua fidelidade, sem nunca ter podido legalizar esse vínculo. O pai já era casado quando conheceu a que ia ser a mãe de

---

28. SARLO, Beatriz. *Modernidade periférica: Buenos Aires 1920 e 1930*. Tradução de Júlio Pimentel Pinto. São Paulo: Cosac Naify, 2010, p. 169-170.
29. OCAMPO, Victoria. *338187 T. E. Lawrence de Arabia*. Buenos Aires: Letemendia Casa Editora, 2013, p. 27-29. Tradução minha.

seus cinco filhos. Entrou na casa como preceptora. A jovem era puritana. Mas isso não a impediu de fugir com o homem que se apaixonou por ela e por quem ela também se apaixonou. Isso ocorreu em plena época vitoriana, muito severa com esse tipo de pecado (embora pouco com outros). A vida do casal não deve ter sido fácil. Além disso, o puritanismo daquela que viria a adotar o nome Mrs. Lawrence, longe de diminuir, aumentou com a situação irregular e pecaminosa na qual nasciam seus filhos. Verdadeiramente se sentia condenada a um grande castigo "per secula seculorum". Educava severamente seus filhos, inculcando-lhes os princípios da mais alta moral protestante. Obviamente, os filhos ignoravam a situação legal (ou melhor, ilegal) em que tinham vindo ao mundo. Mas essa ignorância nunca pode ser eterna, e geralmente os interessados, inocentes, acabam se inteirando das coisas por fora, quer dizer, da forma mais cruel.

Victoria abre essa nota de rodapé logo no início de *338187 T. E. Lawrence de Arabia*, ensaio que escreveu sobre esse escritor que também traduziu. É uma crônica que ela resolve deslocar para o paratexto provavelmente para ter a liberdade de fundir os gêneros. Em seguida, a nota assume tom pseudopsicanalítico:

4. VICTORIA OCAMPO, ESCRITORA

Vários comentadores da vida de T. E. Lawrence atribuem suas singularidades sexuais (sua castidade, anormal para um homem que não estava atado a nenhuma crença religiosa, apesar de ser – na minha opinião – um espírito profundamente religioso e claramente "bible fed"), seus diversos complexos, à descoberta, aos dez anos, desse fato.

Não é totalmente descartável. Seria, sob certo ponto de vista, bastante verossímil, dado o caráter de nosso herói. Sua inteligência podia sobrevoar essa circunstância. Mas sua sensibilidade (embora talvez ele não tivesse plena consciência disso) deve ter recebido o impacto. Isto é, um trauma.

E depois, Victoria aparece em primeira pessoa para confessar sua proximidade com a mãe e irmãos de T. E. Lawrence. O tom segue sendo o de crônica, um quadro detalhado da situação financeira da família do escritor:

> Conheci Mrs. Lawrence em 1946. Esse que foi de fato seu marido morreu muitos anos antes; e três de seus filhos: dois na guerra de 14, outro num acidente de motocicleta (seu Ned).
>
> Vivia modestamente, eu quase diria pobremente, com seu filho mais velho, Bob. Inspirou-me tanta simpatia, e até afeto, essa mulher valente e espantosamente escrupulosa, que eu nunca passava por Londres sem ir visitá-la, estivesse onde estivesse. Ultimamente, morava

(pouco antes de sua morte) numa pensão, em Boars Hill, perto de Oxford. Tinha quebrado uma perna e, como ocorre frequentemente na velhice, a fratura não melhorava e ela caminhava com muita dificuldade. A pensão tinha essas escadas estreitas tão frequentes nas casas inglesas. O quarto dela ficava no primeiro andar. Me explicou que era muito cômodo (very convenient), pois quando precisava de Bob e Bob estava embaixo, batia no chão com sua bengala e ele ouvia. Isso era comodidade para ela. Sua perna quebrada a obrigava a uma quase imobilidade. Na última vez que a visitei era inverno. Na pensão não vi mais que uma lareira funcionando, a do living room (very convenient, sem dúvida, também). Fazia frio no quarto de Mrs. Lawrence. E fria estava sua bochecha, em que dei meu beijo de despedida. Durante o almoço (modesto mas cuidadosamente preparado) houve um incidente de que não me esqueço, pois me pareceu simbólico e característico. Bob tinha me escrito em Londres me convidando para almoçar no domingo, *porque nos domingos*, dizia, *nos servem um excelente almoço*. Fui, então. O sol começava a aquecer; era um sol pálido de janeiro (janeiro inglês). No entanto, me encontrei com Mrs. Lawrence de pé, com sua bengala, e Bob na entrada da casa. A casa fica no campo e ela estava olhando o lugar onde tinha pedido para plantar não lembro que planta que eu lhe mandei (ela gostava de plantas).

Para narrar esse incidente simbólico e característico, Victoria mescla o sentimentalismo que vinha empregando a uma ironia e um senso de humor admiráveis:

> Pouco depois, entramos para almoçar. Havia quatro ou cinco mesinhas, ocupadas por outros pensionistas, numa sala bem pequena. De sobremesa, serviram algo que gosto tanto que comeria num prato de sopa: *sago pudding* (uma espécie de mingau feito com uma espécie de tapioca e leite, prato exclusivamente inglês e pouco apreciado por estrangeiros) [nota intrometida, talvez ocampiana, desta que vos escreve: é sagu mesmo, mas sem o vinho]. Comi minha porção, não muito abundante, e não podendo conter minha gula comecei a elogiar para Mrs. Lawrence essa sobremesa que nunca conseguia comer fora da Grã-Bretanha. Mrs. Lawrence me perguntou se queria repetir. Imprudentemente, respondi: "Don't tempt me" (Não me tente). Ela tomou ao pé da letra. Não teve jeito de me oferecer mais um pouco de *sago pudding*, apesar das minhas muitas indiretas. Até pediu para trazer o sago cru da cozinha para que eu o visse e pediu que me passassem a receita do doce... mas nada de me induzir à tentação.

Depois da cena divertida de desentendimento linguístico, Victoria volta ao tom sentimental, mas acrescenta agora um novo dado: sua tradução do livro de T. E. Lawrence:

> Me falava de seus filhos em geral e de Ned em particular com uma paixão, um orgulho contidos e candentes. "Em tal idade já era capaz de fazer tal proeza, ou de ler tal livro". Apesar de seus anos, que já eram muitos, tinha uma cabeça clara. Apenas pedia ajuda a Bob às vezes para lembrar exatamente de algo (e talvez para não o deixar o tempo todo fora de nosso diálogo). Minha avidez não a cansava, como poderia cansar-se de contar essas coisas sobre Ned? Nunca se queixava de nada nem de ninguém. Nem criticava uma pessoa sequer. No entanto, a puritana estava presente nela, e em Bob, que herdou esse traço. Bob sabia que eu tinha traduzido *The Mint* (*El troquel*) em que abundam os palavrões usados nos quartéis sem que se dê a eles grande importância. Na última vez que fui a Boars Hill (o dia do *sago pudding*), tinha me advertido, por carta, que não falasse sobre o livro com Mrs. Lawrence. "Nem ela nem eu lemos esse livro", sublinhava.

Em seguida, Victoria assume tom feminista em formulação textual criativa, uma aliança com Mrs. Lawrence:

> Sei que o pai de T. E. Lawrence era um homem muito distinto. Mas minha opinião pessoal é que

sem Mrs. Lawrence de Boars Hill não existiria
Lawrence da Arábia. E não me refiro somente ao
fato fisiológico e à dança dos cromossomos. Essa
mulher tinha uma vitalidade, uma integridade,
uma firmeza de tronco de carvalho. Em determinada época, sua vida deve ter sido um inferno
interior. O começo terreno do que, segundo
seu código religioso, lhe reservava o além. Eu a
conheci muito tempo depois dessas tempestades.
Vivendo, como já disse, muito pobremente. Sem
mais riqueza que a de suas memórias. Diga-se de
passagem, nunca conheci desprezo semelhante
pelo dinheiro: desprezo que impera entre todos
os membros dessa estranha família. Para mim foi
uma grande honra conhecê-la de perto. Devo
essa honra ao mais jovem dos Lawrence (A. W.),
o amicíssimo irmão e herdeiro de T. E., professor
de arqueologia em Cambridge, onde o conheci
(1946). A semelhança entre esses dois homens é
evidente, embora os dois sejam de tônica diferente e reajam de forma diferente. Não acho que
um irmão (ou um amigo) tenha entendido tão
bem seu irmão como A. W. entendeu T. E.

Uma crônica disfarçada de nota de rodapé em um
ensaio sobre um escritor que ela também traduziu.
Talvez essa irreverência em relação à natureza dos
gêneros aos quais se dedica seja o traço mais interessante da escrita de Victoria. Suas cartas e relatos

de viagem também guardam preciosidades, veremos a seguir.

5. Correspondente: cartas e relatos de viagens

Comecemos por uma pequena digressão. Josefina Ludmer, no ensaio *Las tretas del débil* (algo como *As artimanhas do frágil*), faz algumas considerações sobre o que se convencionou chamar de literatura feminina/de mulheres a partir da análise de um texto de Sor Juana Inés de la Cruz, a escritora e freira mexicana (na verdade novo-hispana) que viveu e escreveu na segunda metade do século XVII (nasceu em 1648 ou 1651, não se tem certeza, e morreu em 1695). Em 1690, por encomenda de um homem da igreja, Sor Juana redigiu o que conhecemos hoje por *Carta Atenagórica*[30] que, como ela explica no texto, foi pensado como uma correspondência privada, já que à época mulheres não podiam se posicionar publicamente sobre teologia. Acontece que esse religioso publica a *Carta*, acompanhada de um prólogo assinado por pseudônimo feminino (Sor Filotea de la Cruz), no qual elogia e recrimina a argumentação de Sor Juana. Alguns comentadores consideram essa publicação um ato de traição de parte do religioso, outros, um arranjo que dá mostras da perspicácia de Sor Juana, que aproveitou essa brecha para demonstrar sua erudição e capacidade argumentativa (uma artimanha do frágil, nos termos de Ludmer).

Na *Carta*, Sor Juana critica o *Sermão do Mandato* (de 1650, ou seja, de quando Sor Juana estava nascendo), do célebre padre Antônio Vieira (Lisboa, 1608 – Salvador, 1697), rebatendo seus argumentos um a um. Nesse sermão, Vieira discorda de três santos (Santo Agostinho, São Tomás e São João Crisóstomo), numa mostra da autonomia que tinha para ler as escrituras e interpretá-las a seu

---

30. Traduzi a *Carta Atenagórica* para o português, o texto está disponível aqui: https://abralic.org.br/revista/index.php/revista/article/view/770.

favor, colocando a oratória antes da literalidade. À Sor Juana estava negada inclusive a literalidade, o que faz da *Carta Atenagórica* um documento de sua insubmissão. Insubmissão conservadora, já que defende os três santos da liberdade oratória de Vieira, mas, ainda assim, insubmissão registrada em um texto de grande valor retórico e estético.

A *Carta* tem grande repercussão e, como se pode imaginar, rende problemas a essa mulher que ousou debater com homens. Em 1691, Sor Juana escreve uma resposta a Sor Filotea, que se converte em um de seus textos mais importantes porque narra sua biografia. A resposta deve ter circulado em Nova Hispana, mas só é publicada em livro postumamente, em 1700. É essa resposta a Sor Filotea que Josefina Ludmer analisa no ensaio citado e afirma: "Por meio da carta e da autobiografia, Juana erige uma polêmica erudita. Agora se entende por que esses gêneros menores (cartas, autobiografias, diários), escritos limítrofes entre o literário e o não literário, chamados também de gêneros da realidade, são um campo preferido pela literatura feminina"[31].

---

31. LUDMER, Josefina. Las tretas del débil. In: *La sartén por el mango*. Puerto Rico: Ediciones El Huracán, 1985. Tradução minha.

Ludmer afirma ainda que, uma vez vedados às mulheres os gêneros em que tradicionalmente se discute política, ciência, filosofia, resta a elas debater esses temas no âmbito pessoal, privado e cotidiano. Mas aí está a artimanha do frágil: ao infiltrar nos gêneros menores o debate público, eles deixam de ser menores. Sor Juana é um exemplo dessa artimanha. Ela só estava autorizada a escrever uma carta privada encomendada por um homem da igreja e escreve a *Carta Atenagórica*, um texto que duela com o sermão de Vieira.

Mais de duzentos anos depois, e obviamente sem as mesmas limitações de Sor Juana, Victoria Ocampo vai mostrar perspicácia no uso dos gêneros tidos como menores. *Autobiografia*, *Testimonios*, notas de rodapé, todo texto é lugar para o debate de ideias. Suas cartas e relatos de viagem seguem a mesma linha, cito um exemplo de cada.

Entre 1934 e 1940 Victoria se correspondeu com Virginia Woolf, a essa altura, uma escritora já consagrada. Victoria tinha publicado alguns ensaios e fundado a revista e editora Sur, ou seja, começava sua atividade de mulher pública. Na correspondência elas negociam a publicação dos livros de Woolf em Sur, o que de fato se concretiza: *Un cuarto*

5. Correspondente: cartas e relatos de viagens

propio em 1936, tradução de J. L. Borges; *Orlando* em 1937, também traduzido por Borges; *Al faro* em 1938, tradução de Antonio Marichalar; *Tres guineas* em 1941, tradução de Román J. Jiménez.

As cartas poderiam ser meras tratativas de negócios, o que já seria bastante coisa, estamos falando das primeiras traduções dos livros de Woolf para o espanhol. Mas não, elas aproveitam as cartas para discutir escrita e literatura. Em carta de 11 de dezembro de 1934, Victoria escreve:

> Se há alguém no mundo que pode me dar valor e esperança, é você. Pelo simples fato de ser o que você é e de pensar como você pensa. Seria ingrata se dissesse que nunca fui encorajada, etc. Tenho amigos (homens) que me veem dotada até a genialidade e dizem, e escrevem. Mas essas declarações sempre me deixam fria e incrédula no mais profundo do meu ser. Você entende o que quero dizer... Os homens julgam uma mulher sempre (ou quase sempre) segundo eles mesmos, segundo as reações que experimentam com seu contato (espiritual, também). Sobretudo se não é desajeitada e não tem uma cara desagradável. É uma fatalidade entre eles, especialmente se

são latinos. Então não podem servir de ponto de referência, honestamente.[32]

Em 22 de dezembro de 1934, Virginia responde:

> Me alegro tanto que você escreva crítica em vez de ficção. E estou certa de que é crítica de qualidade, clara e aguda, incisiva, como cortada à faca, não com uma podadeira velha e enferrujada. [...] Espero que continue com Dante e logo com Victoria Ocampo. Até agora, poucas mulheres escreveram autobiografias verazes. [...] Espero que escreva um livro inteiro de crítica e que, se encontrar tempo, me envie de vez em quando uma carta.[33]

A generosidade da inglesa consagrada com a argentina insegura, o incentivo para fazer o que não se espera dela (escrever crítica) e para se apropriar do gênero autobiografia. Artimanhas do frágil... Em outro momento vou contar o que Paul Groussac, quando diretor da Biblioteca Nacional Argentina, disse a Victoria Ocampo depois de ler seu ensaio

---

32. OCAMPO, Victoria; WOOLF, Virginia. *Correspondencia*. Compilado por Manuela Barral. Buenos Aires: Rara Avis, 2020, p. 41-42. Tradução minha.
33. Também retirado da correspondência publicada pela editora Rara Avis, p. 47-48, tradução minha.

5. CORRESPONDENTE: CARTAS E RELATOS DE VIAGENS

sobre Dante. Agora voltemos ao uso arrojado dos gêneros, dessa vez um relato de viagem. E não é qualquer viagem, Victoria Ocampo foi a única mulher convidada a assistir aos julgamentos de Nuremberg.

A convite do British Council, em 1946 Ocampo assiste a dois dias do julgamento que condenou nazistas do calibre de Göring, Hess, Ribbentrop e Keitel. Escreve suas *Impresiones de Nuremberg*, crônica que incluiria na quarta série de *Testimonios*, de 1950. Depois de narrar a viagem em um avião pra lá de instável, a cidade em ruínas, o espetáculo visual e os personagens do drama, totalmente consciente da responsabilidade história de seu relato, ela pondera:

> O complô hitlerista foi um assunto de homens. Não há mulheres entre os acusados. Por acaso é a razão para que não estejam entre os juízes? Não seria justamente uma razão para que estivessem? Se os resultados do processo de Nuremberg vão pesar sobre o destino da Europa, não é equitativo que as mulheres possam dizer uma palavra sobre eles? Foram poupadas da guerra? Se mostraram companheiras indignas no momento do perigo? Seriam indignas no momento de tomar decisões que pesarão no futuro do mundo? Até agora o

fracasso dos homens em matéria de repressão e
prevenção dos crimes de guerra, e da guerra –
que é sempre crime –, sinceramente, foi estre-
pitoso. Perguntar às mulheres qual sua opinião
sobre essas questões, permitir que intervenham
nelas, não comporta nenhum perigo e pode
oferecer vantagens insuspeitas.[34]

Novamente a Victoria feminista usando um gênero menor para tratar de assuntos maiores.

---

34. Utilizo o texto incluído em OCAMPO, Victoria. *La viajera y sus sombras: Crónica de un aprendizaje*. Selección y prólogo de Sylvia Molloy. Buenos Aires: Fondo de Cultura Económica, 2010. p. 232. Tradução minha.

6. Polímata

Polímatas são generalistas, indivíduos curiosos que se interessam por muitos assuntos, que fogem à compartimentalização das disciplinas e por isso, muitas vezes, são tidos por superficiais, pouco rigorosos, em especial no contexto da superespecialização, cada vez mais forte. Peter Burke escreveu um livro ótimo, *O polímata: uma história cultural, de Leonardo da Vinci a Susan Sontag*[35]. Como apêndice, ele apresenta uma lista de quinhentos polímatas ocidentais e avisa: escolheu o número redondo justamente para tornar óbvia a arbitrariedade da seleção. Aparecem nomes de quase todo tempo e

---

35. BURKE, Peter. *O polímata: uma história cultural, de Leonardo da Vinci a Susan Sontag*. Tradução de Renato Prelorentzou. São Paulo: Editora Unesp, 2020.

lugar (Copérnico, Voltaire, Marx, Freud, Walter Benjamin, Gilberto Freyre, Darcy Ribeiro...) e entre as poucas mulheres listadas, quem está? Victoria Ocampo, por supuesto. Também está outra mulher que já apareceu por aqui, Sor Juana Inés de la Cruz. E dois conterrâneos de Victoria: Domingo Sarmiento e Jorge Luis Borges.

Provavelmente a lista de Burke diga pouco sobre um conjunto tão variado de personalidades, mas a inclusão de Victoria diz muito sobre seu renome internacional. Entre centenas de possibilidades, Burke escolheu Victoria. E polímata é mesmo uma definição que lhe cai bem. Sua atuação como escritora, tradutora, editora e mecenas está mais diretamente relacionada à literatura, embora também tenha incursionado por música e teatro. Mas sua disposição de projetar e construir as primeiras casas modernas de Buenos Aires, seu interesse por arquitetura e design, talvez sejam traços mais visíveis de sua personalidade polímata.

Em 1929, Le Corbusier, que viria a ser o arquiteto moderno por excelência, visitou Buenos Aires, Montevidéu, São Paulo e Rio de Janeiro. Quando o barco chegou ao porto de Buenos Aires

6. POLÍMATA

em 28 de setembro, Victoria Ocampo o esperava.[36] O convite para o *tour* sul-americano tinha vindo da associação *Amigos del Arte*, fundada poucos anos antes e com a qual Victoria tinha laços estreitos. Le Corbusier também se correspondeu com Paulo Prado, mecenas do modernismo paulista, que agenciou a parte brasileira da viagem. A menção a esses nomes basta para enquadrar o convite a Le Corbusier no projeto vanguardista das elites portenha e paulista. Em Buenos Aires, Le Corbusier faz palestras que serão recolhidas em 1930 no livro *Précisions*. No primeiro número da revista Sur, de janeiro de 1931, há uma resenha desse livro de Le Corbusier. Ao volume, Le Corbusier acrescenta um *Prólogo americano*, escrito em 1929, quando regressava à Europa depois da temporada sul-americana, em que diz:

> Talvez faça somente dez anos que Buenos Aires se move de forma útil a favor da arte. Isso pode ser visto em sua arquitetura, que passou para novas mãos. São os grandes beneficiários, os grandes proprietários, os grandes negociantes que provocam esse movimento. Até agora, a

---

36. Ver *Le Corbusier en Buenos Aires: nuevas lecturas sobre el viaje de 1929*, de Ramón Gutiérrez (2011).

senhora Victoria Ocampo é a única a fazer um gesto decisivo para a arquitetura, ao construir uma casa que gerou um escândalo. Pois bem, Buenos Aires é assim, com seus dois milhões de habitantes, emigrantes que se enternecem por quinquilharias, que se chocam contra essa mulher solitária, mas que quer. Em sua casa se pode ver Picasso e Léger, num quadro de uma pureza que não encontrei facilmente em outros lugares. [37]

As casas de Victoria Ocampo realmente geraram escândalo. Em 1926, ela mandou construir uma casa moderna em Mar del Plata que causou furor na vizinhança. Dois anos depois, ela fez algo semelhante, agora no bairro Parque em Buenos Aires, e arrumou problemas inclusive com as autoridades municipais. O crítico de arte Julio Rinaldi comentou o caso em texto de 4 de agosto de 1929, para o jornal *La Nación*:

> Há dois anos, Victoria Ocampo mandou edificar em Mar del Plata uma casa segundo as normas da nova arquitetura. Esse fato inaudito ocupou a crônica do balneário durante a temporada. A curiosidade pública deu sua opinião com uma espontaneidade juvenil, o que não deixou nossa

---

37. Citado por Manuela Barral em *Victoria Ocampo y la arquitectura moderna: una extraña invisibilización*, 2021, tradução minha.

cultura muito bem na foto. Para a maioria, a nova casa foi um desafio ao bom senso [...]. A convicção de Victoria Ocampo não se contaminou. Fortalecida pelo ardor inimigo, resolveu levantar outra casa moderna em Buenos Aires. Dessa vez, a oposição começou na autoridade municipal. A comissão de estética edilícia produziu um detalhado relatório em que sustentava: primeiro, que o projeto proposto não era arquitetura, e segundo, que Buenos Aires era uma cidade estética.[38]

Imaginem a satisfação de Victoria Ocampo quando Le Corbusier visita as casas e dá sua aprovação vanguardista. Que tapa na cara da sociedade. Se bem que para a sociedade argentina da época Le Corbusier era figura mais ou menos desconhecida, sua fama se restringia a círculos da elite cultural. Mesmo assim, a chancela da autoridade da arquitetura internacional entusiasmou Victoria. Nos anos 1930, Ocampo e Le Corbusier se manterão em contato, ele publicará em Sur, juntos idealizarão projetos – quase todos fracassados porque não conseguiram convencer o mecenato privado portenho a investir sua plata em arquitetura moderna (aqui não pode ser desprezado a Crise de 1929).

---

38. Também citado no artigo de Manuela Barral, tradução minha.

Le Corbusier encontrará parceria mais rentável no estado brasileiro sob Vargas, que dará carta branca a Lúcio Costa, Oscar Niemeyer e outros modernistas discípulos de Le Corbusier.[39]

Para Beatriz Sarlo, as casas modernas de Victoria Ocampo são máquinas tradutoras. As casas traduzem no espaço a atividade de tradução na qual Victoria também está envolvida. Assim como as casas representam os esquemas do modernismo, Sur define um espaço de práticas de tradução.[40] Que bela aproximação. Parece mesmo que ao projetar essas casas meio intuitivamente, inspirada nos modelos de Le Corbusier, Victoria Ocampo está realizando um processo de tradução que torna mais evidente a necessidade e importância de materiais e agentes locais, mais do que estes costumam ser considerados no processo de tradução stricto sensu. Partindo dos princípios da arquitetura moderna, Victoria projetou casas de sua autoria, contou com

---

39. Um contraste excelente entre mecenato privado argentino e estado brasileiro está em *Sonhos da periferia*, de Sergio Miceli, editora Todavia, 2018.
40. SARLO, Beatriz. *La máquina cultural: maestras, traductores y vanguardistas*. Buenos Aires: Seix Barral, 2007, p. 140-141.

arquitetos e construtores argentinos, com concreto e tijolos da indústria local.

Mais ou menos o que ela fez à frente dos grandes empreendimentos de edição e tradução que capitaneou a vida inteira. Traduzir também é conciliar o estrangeiro e o local, mediar culturas diferentes, equilibrar forças desiguais, ser mal-recebido, incompreendido, ridicularizado. Às vezes com o tempo a avaliação muda. Parece que o mundo da arquitetura vem conferindo à Victoria Ocampo o lugar pioneiro que ela efetivamente teve e que no mundo das letras está consolidado faz tempo. O Archivo Nuestras Arquitetas[41], repositório gerenciado por pesquisadoras da área vinculadas a diversas universidades argentinas, já aceita Victoria como par.

---

41. Disponível em https://nuestrasarquitectas.wordpress.com/.

7. Villa Ocampo

As casas modernistas projetadas por Victoria Ocampo deram e dão o que falar – a casa da rua Rufino de Elizalde 2831, em Buenos Aires, hoje é sede da Casa de la Cultura vinculada ao Fondo Nacional de las Artes –, mas em se tratando de arquitetura o nome de Victoria está mais associado ao casarão do final do século XIX que herdou do pai, hoje Observatorio UNESCO Villa Ocampo.

Em 1973 (ou seja, durante o terceiro governo de Perón) Victoria, aos 83 anos de idade, resolve doar as casas de San Isidro e Mar del Plata para a UNESCO. Ela deixou suas intenções registradas no tomo nove de *Testimonios*:

Com a esperança, talvez ilusória, de poder seguir
sendo útil ao país, aos escritores, tradutores, aos
artistas, pois tiveram tanta importância em minha
vida, resolvi doar ou legar minhas duas casas de
campo (em San Isidro e Mar del Plata) para a
UNESCO. O caráter internacional da UNESCO
(embora também oferecesse alguns inconvenientes a meu plano) me pareceu o mais adequado
a meu modo de encarar as coisas das letras (por
exemplo) e meu desejo de continuar prestando
ajuda a meus compatriotas, como creio que
fiz, dentro das minhas possibilidades e critério,
durante toda minha existência.[42]

Como parte da documentação que formaliza a
doação, a UNESCO solicita a Victoria uma breve
resenha da história de Villa Ocampo (a casa de
San Isidro), precisamente esse texto que ela inclui
nos *Testimonios*. Em se tratando de Victoria, não
se pode esperar um texto meramente protocolar,
ela faz questão de produzir esse documento respeitando seu estilo ensaístico e pessoal:

A história de Villa Ocampo é simples embora
longa para se relatar em detalhe. Farei um resumo
o mais breve possível. Começou antes do meu

---

42. OCAMPO, Victoria. *Testimonios, novena serie – 1971/1974*.
Buenos Aires: Sur, 1979, p. 7, tradução minha.

7. Villa Ocampo

nascimento, em 1890. Meu pai foi o arquiteto da casa e traçou o parque, grande nessa época. Casa e parque se encontram nas barrancas de San Isidro, na altura de Punta Chica, a 20 quilômetros da capital. Hoje, integram a Grande Buenos Aires. A propriedade pertencia a uma de minhas tias avós (com quem vivemos sempre), meus pais, minhas irmãs (cinco) à medida que chegavam ao mundo, e, no início, meu bisavô. Morreu com muita idade. Eu diria que a história da casa começa com ele, embora pouco tempo pôde desfrutar dela. Esse bisavô era grande amigo de Sarmiento e administrava seus escassos bens. Sarmiento não se ocupava deles, e meu bisavô estava obstinado em corrigir suas finanças caseiras.[43]

O texto prossegue por mais duas ou três páginas em que Victoria mescla sua história pessoal e familiar à história pátria, traço não raro entre a elite crioula. Victoria Ocampo confia que tombada pela UNESCO a casa se converterá em patrimônio preservado que renderá homenagem a ela e à família, mas não é isso que acontece. Depois da morte de Victoria, em 1979, a casa foi abandonada tanto pela UNESCO quanto pelo poder público argentino e virou ruína. O caso foi narrado no livro *Patrimonio*

---

43. OCAMPO, 1979, p. 8, tradução minha.

en el siglo XXI: el caso Villa Ocampo, por Nicolás Helft – diretor executivo do projeto Villa Ocampo da UNESCO – e Fabio Grementieri – arquiteto especializado em conservação do patrimônio. Na introdução do livro, Helft relembra:

> Cheguei a Villa Ocampo em um dia de agosto de 2003, perto das oito e meia da manhã. Pouco antes, tinha recebido uma ligação da UNESCO na qual anunciaram que eu tinha ganhado o concurso para coordenar o projeto cultural que ia ser criado ali. No entanto, antes de confirmar minha nomeação, afirmaram, eu teria que visitar o lugar (fazia anos que a casa estava fechada ao público e em nenhum momento, durante o concurso, os candidatos puderam conhecer o lugar que abrigaria o projeto que se postulavam a coordenar). Assim que entrei, compreendi a mensagem oculta por trás daquele convite: queriam assegurar que tinham me advertido e que eu tinha aceitado sabendo o que me esperava. Eu não ignorava que a casa estava em mau estado: tinha lido as matérias na imprensa e sabia dos conflitos. Também já a tinha visitado um tempo atrás, quando já estava muito deteriorada. Mas o que vi aquela manhã foi muito pior do que eu poderia ter imaginado. A casa, além de úmida e fria, estava escura: os sistemas elétricos tinham colapsado, as paredes jorravam sujeira e umidade, os móveis estavam amontoados e cobertos por

7. Villa Ocampo

plástico, parte do teto da sala de jantar tinha desabado por causa das infiltrações de água, plantas trepadeiras se metiam pelas janelas, o jardim, invadido por todo tipo de ervas daninhas que chegavam à minha cintura, estava irreconhecível e intransitável. Pouco depois da visita, um incêndio destruiu parte do teto e da mansarda, e a água dos bombeiros arruinou ainda mais os móveis e os livros. Um mês depois, dois homens muito bem-vestidos tocaram a campainha e quando o vigilante abriu a porta, apontaram armas, o amarraram e levaram 52 obras de arte. Esses episódios chegaram aos jornais e canais de notícia e tornaram ainda mais difícil uma solução.[44]

Entre 2003 e 2014 a casa é restaurada e se transforma no museu que conhecemos hoje. É uma ironia histórica que o projeto cosmopolita de Victoria só se realize com o aporte do governo argentino. Segundo Nicolás Helft, o estado financiou grande parte das obras de renovação de Villa Ocampo graças a intervenção da então senadora Cristina Fernández de Kirchner[45]. O que Victoria teria achado disso? Talvez seja argumentável que a

---

44. HELFT, Nicolás; GREMENTIERI, Fabio. *Patrimonio en el siglo XXI: el caso Villa Ocampo*. Buenos Aires: Yo Editor, 2018, p. 14, tradução minha.
45. HELFT, Nicolás; GREMENTIERI, Fabio, 2018, p. 18, tradução minha.

doação das casas à UNESCO em 1973 tenha sido uma reação ao retorno de Perón à presidência. Trinta anos depois, é um governo peronista que possibilita a restauração.

Mas as coisas não são lineares assim. Nesses trinta anos, a Argentina assiste à morte de Perón e ao golpe em Isabelita, vive uma das ditaduras civil-militares mais cruentas da história, guerreia com a Inglaterra pelas Malvinas, se entusiasma com a primavera alfonsinista, julga e condena militares por crimes de lesa-humanidade, vê o peronista Carlos Menem assinar os indultos que revertem tudo isso, entra em colapso econômico com direito a presidente Fernando de la Rúa fugindo de helicóptero da Casa Rosada, testemunha o ressurgimento do peronismo agora atualizado em kirchnerismo. Victoria Ocampo não viveu para ver esses momentos decisivos da história recente argentina. E no período que viveu, não foi fotografada ao lado do general Videla, como foi seu amigo Borges. Difícil projetar que alianças faria, mas não me surpreenderia vê-la tomando chá com Cristina Kirchner na varanda da Villa Ocampo.

8. Feminista

Alguns capítulos atrás, prometi contar o que Paul Groussac disse a Victoria Ocampo quando ela lhe mostrou seu ensaio sobre Dante. O episódio ilustra bem a hostilidade do mundo letrado à presença feminina. Groussac, francês radicado na Argentina desde os anos 1860, foi diretor da Biblioteca Nacional de 1885 a 1929, ano de sua morte. É um daqueles europeus aclimatados, como ironizou Ricardo Piglia, em *Respiração artificial*: intelectuais que em seus países de origem eram peças secundárias e que uma vez instalados na Argentina viram "árbitros da vida cultural".[46] Victoria estava escrevendo *De Francesca a Beatrice* – o ensaio que

---

46. PIGLIA, Ricardo. *Respiración artificial*. Buenos Aires: Debolsillo, 2013, p. 126.

publicaria em 1924 e cuja segunda edição sairia na Revista de Occidente, de Ortega y Gasset, em 1928 – e resolve submeter o texto à avaliação do ilustre diretor. Ele diz que muito já se escreveu sobre *A Divina Comédia* e que se ela não tivesse um enfoque original ou dado inédito, era melhor deixar o texto em paz. Também a acusou de *pédantesque* e aconselhou que escrevesse sobre um tema mais ao seu alcance, mais pessoal.

Victoria narra o episódio em *Mujeres en la Academia*, seu discurso de posse na Academia Argentina de Letras, de 1977 (Victoria foi a primeira mulher a integrar a Academia), incorporado ao décimo tomo de *Testimonios*.[47] É uma mulher de 87 anos rememorando algo que viveu aos 30, quando não se sentia segura para contra-argumentar, em especial diante de tamanha autoridade. Mas nesse texto de 1977 ela está plenamente segura e, melhor ainda, debochada: "naquele momento não tive presente sua [de Groussac] ácida crítica ao 'Sarmiento' de Rodin que, guardada a distância, teria me reconfortado. Eu era uma inexperiente principiante e não tinha direito a replicar como fez

---

47. OCAMPO, Victoria. Mujeres en la Academia. In: *Testimonios – Décima serie (1975-1977)*. Buenos Aires: Sur, 1978.

8. Feminista

o escultor francês: 'Eu o vejo assim'".[48] Ocampo se refere ao grupo de intelectuais, Groussac incluído, que contratou Rodin para esculpir um busto de Sarmiento e depois não gostou do resultado, um ocorrido que ficou famoso por ilustrar o descompasso entre o gosto estético no centro e na periferia. Ao recorrer a esse caso, Victoria está aliando-se a Rodin contra a caipirice local, também incapaz de compreender sua leitura de Dante.

Mas Victoria levou tempo para construir essa personalidade que revida, ironiza e se impõe, teve que engolir muito sapo nos círculos familiar, profissional e afetivo. Passou a vida sendo a primeira e única mulher em ambientes agressivamente masculinos, não deve ter sido fácil. Por outro lado, o privilégio de classe dificulta a identificação completa à sua figura, o feminismo de Victoria sempre estará atravessado por seu lugar social. Nesse ponto, concordo com Beatriz Sarlo: "a abundância material e os tiques de esnobismo não devem ocultar os esforços da ruptura".[49] E Victoria Ocampo rompeu

---

48. OCAMPO, 1978, p. 17, tradução minha.
49. SARLO, Beatriz. *Modernidade periférica*: Buenos Aires 1920 e 1930. Tradução de Júlio Pimentel Pinto. São Paulo: Cosac Naify, 2010, p. 171.

com o esperado das filhas e esposas de sua classe e, como mulher pública, usou suas vantagens para abrir caminho a outras mulheres que também não se resignavam à vida doméstica.

Victoria registrou na *Autobiografía* seus atritos com a família, as imposições e limitações de comportamento, de leituras, de convivência. Registrou também o fracasso de seu casamento, ocorrido em novembro de 1912, do qual pulou fora poucos meses depois:

> A atmosfera estava tensa em Roma, quatro meses depois do meu casamento, sem que eu tivesse culpa e talvez nem M [Monaco, apelido de Luis Bernardo de Estrada]. Ele continuava sendo o que tinha sido: bom-moço (detestei essa beleza quando aprendi a decifrá-la), inteligente (se comparado aos homens que eu frequentava), mas com uma inteligência desconectada da sensibilidade. Suscetível, tirânico e frágil, convencional, devorado pelo amor-próprio, católico e anticristão, exigente e mesquinho, me tratava como um país conquistado e desconfiava de mim o tempo todo. [...] Alguns meses de casamento e o andaime construído pela minha imaginação e necessidade de me apaixonar estava derrubado. Descristalizava com velocidade porque M. não me retinha nem pelo coração, nem pela

8. Feminista

> inteligência, nem pelos sentidos. Era um objeto criado por mim que se desfazia entre as mãos. Se tivesse tido liberdade para conhecê-lo melhor antes de casar, nunca teria casado.[50]

Victoria escreve isso em 1952, aos 62 anos de idade – quer dizer, 40 anos depois do casamento. É a mulher madura, segura de si, que chega a essa conclusão que não é individual, marca muitas mulheres de sua classe e geração. Victoria rompe com o marido ainda na lua de mel e vive um casamento de fachada até o divórcio, assinado em 1922. Uma transgressão para a época, agravada pela relação clandestina *pero no mucho* que manteve com Julián Martínez, primo de seu marido. A vida sexual de Victoria, seus relacionamentos com Keyserling, Drieu La Rochelle, Roger Caillois, renderá muito comentário misógino que ela combaterá com altivez. O caso de Keyserling é muito mais sério. Como bem avaliou Irene Chikiar Bauer[51], Keyserling teve atitudes que hoje não duvidaríamos em

---

50. OCAMPO, Victoria. *Autobiografía III – La rama de Salzburgo*. Buenos Aires: Sur, 1981, p. 17-18, tradução minha.
51. BAUER, Irene Chikiar. Victoria Ocampo: testimonios de una ensayista personal. In: OCAMPO, Victoria. *El ensayo personal*. Introducción y selección de Irene Chikiar Bauer. Buenos Aires: Mardulce, 2021, p. 51.

qualificar como assédio e que nos anos 1930 foram tidas como naturais.

Para além de se permitir viver sua sexualidade, Victoria Ocampo capitaneou ações feministas como mulher pública. Segundo María Celia Vázquez:

> Em primeiro lugar, concreta e efetivamente, Victoria inclui em sua trajetória o que hoje chamaríamos militância feminista. Ao longo de sua vida foi companheira de rota de diversas agrupações feministas argentinas, além de ter difundido a obra e promovido a leitura de escritoras feministas como Virginia Woolf, Simone de Beauvoir e Susan Sontag. O feminismo de Ocampo inclui as ações feministas e a prédica feminista especialmente associadas à defesa da emancipação das mulheres através da educação. No âmbito do ativismo, suas intervenções remontam aos anos 30, quando defende os direitos cívicos para as mulheres; pontualmente me refiro à sua participação na campanha contra a revogação da lei promulgada em 1926, que outorgava os mesmos direitos civis a homens e mulheres maiores de idade. Em 1936, sob a presidência de Justo, se tentou aprovar uma nova versão do Código Civil. Entre as modificações estava a revogação dessa lei. Diante dessa ameaça, Victoria se soma como companheira de rota da União Argentina de Mulheres. Participa de manifestações de rua

8. Feminista

e escreve alguns folhetos doutrinários sobre os direitos e as responsabilidades das mulheres.[52]

Seja nessa atuação política mais evidente, seja em sua vida privada ou em seu protagonismo à frente da revista e editora Sur, Victoria toma partido no debate feminista de sua época. No entanto, para Victoria, há uma força política tão presente quanto o feminismo: seu antiperonismo. Força que vai levá-la a mais uma de suas tantas contradições. Victoria se opõe à lei 13.010 do voto feminino, também conhecida como lei Evita, sancionada em 1947 durante o primeiro governo de Perón. Mas esse é assunto para o próximo capítulo.

---

52. Entrevista concedida ao jornal Página 12 disponível em: www.pagina12.com.ar/220769-victoria-ocampo-una-mujer-incomoda.

9. Victoria e Evita

Este é o nono capítulo deste perfil sobre Victoria Ocampo, já conhecemos parte considerável de sua trajetória como mulher pública e alguns episódios de sua intimidade. Um ponto apareceu por aqui com frequência: a hostilidade do campo letrado à presença feminina. Também apareceram as reações, às vezes contraditórias, de Victoria a bloqueios tidos como naturais e sua posição dianteira no meio intelectual argentino. Victoria foi contemporânea de outra mulher hostilizada por ocupar o espaço público, mas esta de forma muito mais violenta, pois sua atuação alcançou uma escala assombrosamente maior. Estamos falando, óbvio, de Eva Perón.

Entre a Santa Evita, a mãe dos descamisados, e a oportunista que ascendeu socialmente via casamento há certamente muitos matizes, embora não seja tão simples encontrá-los na vasta produção sobre Evita. A biografia escrita por Alicia Dujovne Ortiz, *Eva Perón: a madona dos descamisados*[53], o romance de Tomás Eloy Martínez, *Santa Evita*[54], e o ensaio de Beatriz Sarlo, *A paixão e a exceção: Borges, Eva Perón, Montoneros*[55], são pontos altos de compreensão da figura de Eva. Mas ela virou ícone pop aproveitado por peronistas, antiperonistas e pela indústria cultural – o exemplo mais impressionante é o filme *Evita*, de Alan Parker, com direito a Madonna no papel principal (*Don't Cry for Me Argentina...*), Jonathan Pryce como Perón e Antonio Banderas como o inusitado narrador Che Guevara. O filme, de 1996, deu circulação mundial ao musical de Andrew Lloyd Webber e Tim Rice, que já tinha feito sucesso na Broadway nos anos 1970.

---

53. ORTIZ, Alicia Dujovne. *Eva Perón: a madona dos descamisados*. Tradução Clóvis Marques. Rio de Janeiro: Record, 1997.
54. MARTÍNEZ, Tomás Eloy. *Santa Evita*. Tradução Sérgio Molina. São Paulo: Companhia das Letras, 1996.
55. SARLO, Beatriz. *A paixão e a exceção: Borges, Eva Perón, Montoneros*. Tradução Rosa Freire d'Aguiar e outros. São Paulo: Companhia das Letras, 2005.

9. Victoria e Evita

Para nossos fins, outra peça tem especial interesse. *Evita y Victoria: comedia patriótica en tres actos*[56] imagina o encontro entre essas duas figuras públicas relevantes e quase opostas. Escrita por Mónica Ottino em 1990, a peça foi montada desde então por diversas companhias de teatro argentinas. Obviamente, na vida real, Evita e Victoria sabiam uma da existência da outra, Victoria bem mais da de Evita do que o contrário, mas, salvo engano, elas nunca se encontraram. Mónica Ottino dramatiza esse encontro em um texto que tenta fugir das versões caricaturais que a opinião pública construiu para ambas.

A peça está dividida em três atos e além de Evita e Victoria há três outras personagens: as empregadas das duas e a enfermeira de Eva. A ação se passa em 1947 e o principal assunto entre elas é o voto feminino. No primeiro ato, Evita faz uma visita surpresa a Victoria na mansão de San Isidro. O tom geral é de comédia, Victoria estava se preparando para um compromisso com Albert Camus e agora tem que lidar com a intempestividade dessa

---

56. OTTINO, Mónica. *Evita y Victoria: comedia patriótica en tres actos*. Buenos Aires: Grupo Editor Latinoamericano, 1990.

desclassificada. No primeiro diálogo entre as duas, já aparece o tema central da peça:

> **Eva:** Muito prazer, senhora.
> **Victoria** (tenta esconder sua repulsa): Muito prazer. (com gelada cortesia) Sente-se, por favor.
> **Eva** (se senta um pouco tensa): A senhora está surpresa com a minha visita.
> **Victoria:** Sim, e curiosa.
> **Eva:** Temos uma preocupação em comum.
> **Victoria:** Verdade?
> **Eva:** Sim. A causa da mulher, o voto feminino, nossa falta de direitos.
> **Victoria:** Sou uma velha lutadora. Mas acho que se enganou de porta. Não sou a única feminista da minha geração, nem mesmo a mais importante. Além do mais, não é nenhum segredo que sou contra o seu partido.
> **Eva:** Claro, toda sua classe nos detesta.
> **Victoria:** Conheço gente modesta que não simpatiza com vocês e tem que se filiar ao partido e suportar pressões muito graves.
> **Eva:** Senhora, eu gostaria de esquecer nossas diferenças. Embora não tenha entendido nossa mensagem, deseja algo como nós, o voto feminino.
> **Victoria:** Sim, mas por razões diferentes.
> **Eva:** O que acha que são nossas razões?
> **Victoria:** Perpetuar-se no poder.
> **Eva:** Acha que as mulheres são imbecis?
> **Victoria:** Passei minha vida afirmando o contrário.

9. Victoria e Evita

Eva: Então, por que acha que serão eleitoras tão ruins? Votarão livremente, e se não merecermos, não nos eternizarão no poder.
Victoria (se põe de pé com impaciência): Você conhece melhor que ninguém a manipulação que o povo sofre.
Eva (plácida): Conversa com as trabalhadoras das fábricas, com empregadas, com as mulheres dos peões do campo? Conhece essas mulheres?
Victoria: Não, e você também não. Acha que as conhece pela adulação, porque vão pedir favores que você jamais deveria conceder como se fosse uma divindade asteca. (furiosa) E você, que diabo acha que é?
Eva: Isso não interessa, o importante é o que significo para elas. Mas fique calma, entendo sua frustração. Sua classe fracassou, deveriam estar agradecidos por não terem acordado um dia com um regime marxista.
Victoria (amargamente): É verdade. Em troca, gozamos agora as delícias de um regime fascista. Já chega, o que quer de mim?
Eva: Quero que assine um manifesto com outras mulheres de diferentes partidos políticos. O voto seria o primeiro direito que exigiríamos; logo viriam outros.
Victoria: Que estranho que não queiram o crédito só pra vocês! Me diga, qual é o jogo?
Eva: Nenhum jogo. Redija você. Dizem que sabe escrever. Demonstre.

> **Victoria:** Não quero colaborar com vocês.
> **Eva:** Me acha desagradável?
> **Victoria:** Estou na minha casa. Você é minha convidada.
> **Eva:** Responda, me detesta?
> **Victoria:** Sim.[57]

O duelo das duas vai se estender por mais algumas páginas até o final do primeiro ato e depois, nos dois atos seguintes, o tema político cederá espaço a outros em que Evita e Victoria têm mais ou menos sintonia: maternidade, trabalho, casamento, religião. Mas a discussão sobre o voto é central, Ottino conseguiu expor na construção da personagem Victoria uma das principais contradições da Victoria Ocampo real. Ela efetivamente foi uma "velha lutadora" dos direitos da mulher, mas recusou nosso principal direito porque foi garantido pelo governo peronista sob a liderança de uma mulher que ela considerava desprezível. Nesse ponto, lamentavelmente Victoria não estava sozinha. María Celia Vázquez demonstrou que "frente às iniciativas sufragistas de Perón a

---

57. OTTINO, 1990, p. 20-27, tradução minha.

9. Victoria e Evita

população feminina se mostrou dividida".[58] Houve grupos de mulheres conservadoras e católicas que apoiaram o voto feminino, grupos socialistas, comunistas e liberais que recusaram, numa mostra do quanto a equação feminismo e antiperonismo não é nada simples de se resolver. Ainda assim, que uma mulher inteligente como Victoria tenha caído nessa esparrela é, no mínimo, surpreendente.

---

58. VÁZQUEZ, María Celia. *Victoria Ocampo, cronista outsider*. Rosario: Beatriz Viterbo Editora, 2019, p. 193-194, tradução minha.

10. Victoria Ocampo, concentrado de tensões

Há muitas formas de se escrever a história de algo ou alguém. Os historiadores têm longa tradição nesse debate, os livros *Como se escreve a história*, de Paul Veyne[59], *A escrita da história*, de Michel de Certeau[60], *A escrita da história: novas perspectivas*, de Peter Burke[61], são apenas os exemplos mais ao alcance e que já contam com aprovação e objeção dos pares.

---

59. VEYNE, Paul. *Como se escreve a história; Foucault revoluciona a história*. Tradução de Alda Baltar e Maria Auxiliadora Kneipp. Brasília: Editora da UnB, 1998.
60. CERTEAU, Michel de. *A escrita da História*. Tradução de Maria de Lourdes Menezes. Rio de Janeiro: Forense, 2017.
61. BURKE, Peter (Org.). *A escrita da História: novas perspectivas*. Tradução de Magda Lopes. São Paulo: Editora da Unesp, 1992.

História da literatura, história da arte, estudos da memória e biografias se alimentam e atualizam o debate historiográfico quando incluem na equação um aprofundamento sobre categorias como narração, ponto de vista, ficção, montagem, coleção.

Walter Benjamin ajuda a pensar a escrita da história já atravessada por noções da crítica literária, da tradução, do colecionismo de arte. Pensador heterodoxo, Benjamin circulou pelas áreas e fez provocações típicas de quem desconfia do pensamento compartimentado. Suas teses *Sobre o conceito de história* rejeitam certo historicismo que passa a sequência dos acontecimentos pelos dedos como se faz com as contas de um rosário. A imagem é de Benjamin e ilustra bem sua recusa à história como linearidade, dogmatismo, acumulação. Em reação a esse modelo, Benjamin propõe outra forma de ver a história, como constelação saturada de tensões. Essa perspectiva "faz explodir uma época do decurso homogêneo da história; do mesmo modo como faz explodir uma vida determinada de uma época, assim também faz explodir uma obra determinada da obra de uma vida. Este procedimento consegue conservar e suprimir na obra a obra de uma vida,

10. Victoria Ocampo, concentrado de tensões

na obra de uma vida, a época, e na época, todo o decurso da história".[62]

Em alguma medida, foi esse procedimento que orientou a escrita deste perfil de Victoria Ocampo. Entendê-la como um concentrado de tensões, uma força que, estudada no detalhe, permite compreender para além dela, uma força irradiadora. Para isso, segui a linha traçada por Beatriz Sarlo primeiro em *Modernidade periférica*[63] e depois em *La máquina cultural*[64]. Nos dois livros, Sarlo examina a cultura argentina a partir de uma perspectiva que poderíamos definir como benjaminiana. Ela isolou um período (os anos 1920-30 em *Modernidade*) ou atores (professoras, tradutores, vanguardistas em *La máquina*) que concentram questões-chave da cultura argentina ao longo do século XX: Buenos Aires se inventando como capital cosmopolita, imposição

---

62. BENJAMIN, Walter. Sobre o conceito de história. In: LÖWY, Michael. *Walter Benjamin: aviso de incêndio – Uma leitura das teses "Sobre o conceito de história"*. Tradução de Wanda Nogueira Caldeira Brant. Tradução das teses Jeanne Marie Gagnebian e Marcos Lutz Müller. São Paulo: Boitempo, 2005, p. 130.
63. SARLO, Beatriz. *Modernidade periférica*: Buenos Aires 1920 e 1930. Tradução de Júlio Pimentel Pinto. São Paulo: Cosac Naify, 2010.
64. SARLO, Beatriz. *La máquina cultural: maestras, traductores y vanguardistas*. Buenos Aires: Seix Barral, 2007.

e consolidação de um imaginário nacional que se mescla à importação de formas estrangeiras, fragmentos de uma modernização periférica. Depois, Patricia Willson avançou no caminho aberto por Sarlo e, em *La constelación del Sur*[65], demonstrou a centralidade da revista e editora Sur na cultura argentina do século XX justamente por seu papel de concentrar e irradiar.

Victoria Ocampo aparece nos dois livros de Sarlo e, óbvio, no de Willson, como agente relevante da cultura de mescla, engrenagem indispensável da máquina cultural, estrela que permite identificar a constelação de Sur. Mas ela aparece em contraste com seus pares escritores e tradutores, às vezes avaliada a partir deles. Aqui ela comparece sola, o que permite colocar em primeiro plano que seja uma mulher a ocupar tamanho espaço de poder.

Colocar Victoria Ocampo no centro do estudo implica compreendê-la para além da atuação como mecenas de Sur. Leva à avaliação de sua escrita ensaística, autobiográfica e testemunhal como interessante do ponto de vista formal;

---

65. WILLSON, Patricia. *La Constelación del Sur: traductores y traducciones en la literatura argentina del siglo XX*. Buenos Aires: Siglo XXI editores, 2017.

10. VICTORIA OCAMPO, CONCENTRADO DE TENSÕES

permite compreender sua prática tradutória como provocativa às teorias da área; capta a relevância de Ocampo para fora do campo letrado, em áreas como arquitetura e patrimônio; evidencia os conflitos entre elite intelectual e peronismo; dá o devido destaque à colaboração de Victoria com os militares que depuseram Perón quando aceita presidir o Fondo Nacional de las Artes; expõe a variedade de posições dentro do feminismo. Não é pouca coisa. As rupturas, concessões e contradições de Ocampo talvez façam dela um daqueles pontos do espaço que contém todos os pontos e que um desconfiado Borges viu no décimo nono degrau de certo porão.

A Victoria aleph pode parecer exagero, mas não, é uma proposição metodológica. A pequena esfera furta-cor que o narrador vê na casa da rua Garay já ganhou interpretação para além do conto de Borges[66], já foi aproximada à sua argumentação em *O escritor argentino e a tradição*[67], por exemplo, à defesa de que todos têm direito ao universo, uma

---

66. BORGES, Jorge Luis. *O Aleph*. Tradução de Davi Arrigucci Jr. São Paulo: Companhia das Letras, 2008.
67. BORGES, Jorge Luis. *Discussão*. Tradução de Josely Vianna Baptista. São Paulo: Companhia das Letras, 2008.

lúcida reflexão sobre o que se espera de escritores do centro e da periferia. O Aleph da rua Garay sugere que o universo está também em Buenos Aires, que é possível ser escritor argentino e universal. Ricardo Piglia usou a ideia em *Respiração artificial*[68]: "Buenos Aires, aleph da pátria, por um desrespeitoso privilégio portuário", em alusão obviamente irônica, mas que guarda o princípio da concentração, do microcosmo. Feitas as devidas mediações, não estamos muito longe da metodologia de Benjamin, e os paralelos entre Borges e Benjamin não acabam aí, mas esse é assunto para outro momento.

Encerro este perfil de Victoria Ocampo com outro de seus feitos que dão dimensão da figura. Gisèle Freund, a extraordinária fotógrafa judia-alemã, que havia frequentado o mesmo Instituto de Pesquisa Social de Walter Benjamin e Theodor Adorno e que se encontrava em Paris desde a ascensão de Hitler na Alemanha, precisava abandonar a cidade depois da ocupação nazista. Em Paris ela tinha conhecido certa argentina que lhe salvaria a vida. Freund deixou registro em suas memórias:

---

68. PIGLIA, Ricardo. *Respiracão artificial*. Tradução de Heloisa Jahn. São Paulo: Companhia das Letras, 2010, p. 113.

10. Victoria Ocampo, concentrado de tensões

Em 10 de junho de 1940, o Governo abandonava Paris. Três dias depois, na véspera da chegada das tropas alemãs, parti ao amanhecer de bicicleta, porque os trens já não circulavam. Amarrei na bicicleta minha pequena maleta, a mesma que tinha trazido na minha chegada a Paris sete anos antes. Me refugiei num povoadinho de Dordonha. Quando me inteirei das cláusulas do armistício, que entregava os refugiados alemães para a Gestapo, soube que devia sair da França de qualquer jeito. Victoria Ocampo conseguiu um visto argentino, mas ainda levei mais de um ano para obter os documentos necessários para chegar à margem do Rio da Prata.[69]

Victoria Ocampo foi uma das responsáveis por salvar Gisèle Freund das tropas nazistas. Não é impressionante? Estudá-la não é estudar um universo?

---

69. Trecho do livro de memórias *El mundo y mi cámara*, de Gisèle Freund, citado em: https://www.infobae.com/cultura/2021/09/23/gisele-freund-una-muestra-en-europa-recupera-sus-anos-en-a-merica-latina/. Tradução minha.

Apêndice – Dois monumentos literários: o livro de Vargas Llosa sobre Borges

Monumentos

Alguns monumentos estão caindo, até onde alcança minha compreensão de não especialista, por motivos justificáveis. Disputas pela memória são parte da história, cada presente tem o direito de rever suas homenagens e, mais importante, rever se lhe interessa um tipo de monumentalização que heroiciza, achata, esconde os conflitos. Obviamente, há forças em tensão em cada presente, diferentes setores da sociedade civil organizada podem ter visões antagônicas sobre o que é monumentalizável, e o poder e prestígio desigual entre esses setores se manifesta na esfera pública.

Grupos historicamente poderosos e prestigiados podem naturalizar a permanência de certas homenagens, minimizando a violência incrustada nelas, sob a alegação de manter vivo o passado. Versões menos arrogantes, embora também conformistas, podem defender a manutenção reconhecendo a violência, mas justificando-a como procedimento de época, como se cada época tivesse apenas um procedimento. Walter Benjamin, em 1940, nas teses *Sobre o conceito de história*, já alertava que a variante histórica que triunfou não era a única possível.[70]

Grupos historicamente alijados dos espaços de poder e prestígio podem recorrer a métodos pretensamente radicais para se fazerem ouvir, ou

---

70. BENJAMIN, Walter. Sobre o conceito de história. In: LÖWY, Michael. *Walter Benjamin: aviso de incêndio – Uma leitura das teses "Sobre o conceito de história"*. Tradução de Wanda Nogueira Caldeira Brant. Tradução das teses Jeanne Marie Gagnebian e Marcos Lutz Müller. São Paulo: Boitempo, 2005, p. 142-146.

porque se cansaram dos métodos instituídos, ou porque não os reconhecem como seus. Sujeitos mais cordiais podem tentar disputar o método por dentro das instituições e pacientemente trabalhar por alguma transformação. E como a história tem muito mais de dois lados, essas tensões podem se manifestar nos cruzamentos mais diversos, principalmente porque nossa relação com monumentos está também no plano do sensível, dos afetos, de nossa experiência com a cidade.

Entre os especialistas, pesquisas recentes sobre patrimônio têm registrado uma ampliação desse conceito que esteve por muito tempo ligado à exaltação de determinada cultura, em geral europeia, branca e masculina, que, a partir da segunda metade do século XX, tem que dividir espaço com demandas de grupos marginalizados que reivindicam uma justa representação antes negada. A criação da UNESCO nos anos 1940, respondendo a acordos internacionais do pós-guerra, portanto menos empenhada em uma patrimonialização de elogio nacional, foi um marco importante nesse alargamento da noção de patrimônio; o posterior reconhecimento de lugares da dor (centros de tráfico de escravizados, campos de concentração...)

como patrimônios mundiais e a instituição do conceito de patrimônio imaterial são faces dessa guinada importante no campo. As funções sociais do patrimônio foram ampliadas, o que antes podia cumprir um papel apenas de homenagem passou a ter também como finalidade a rememoração coletiva, o reconhecimento de direitos, a reparação de injustiças. Nas palavras de Carvalho e Meneguello:

> Desde o final do século XVIII, o patrimônio tem servido como um esteio para a definição de identidades compartilhadas. É inegável que durante séculos esse patrimônio era uma materialidade de exaltação de uma imaginada cultura europeia, branca, masculina e exclusiva. As ações de crítica, resistência e busca pela pluralização do patrimônio foram intensas e marcaram, em especial, a segunda metade do século XX. As vozes dissonantes ao patrimônio vieram das Américas, da África, da Ásia, da Oceania e mesmo de dentro da própria Europa. A partir da ação de grupos sociais, do diálogo com outros movimentos como a Nova Museologia, fomos ampliando aquilo que poderia ser compreendido como patrimônio. Do cultural, expandimos para o natural. Do material, para o imaterial. Das percepções eurocêntricas da própria epistemologia do patrimônio, deslocamos sentidos para outras percepções culturais acerca da memória e do

patrimônio. Consideramos todas essas revisões no campo patrimonial como imensas conquistas de lutas sociais. De certa forma, ao analisarmos essas movimentações ao longo do tempo e do espaço, entendemos que a luta pelo direito a diversidade também esteve presente no que escolhemos como nossos patrimônios.[71]

Monumentos literários

Há algum parentesco entre esse debate sobre patrimônio e o que, na história da literatura, se concentrou na arguição do cânone. O debate não é novo, recua a pelo menos os anos 1980, quando os *Cultural Studies* se espalharam pelas universidades, embora um livro como *O cânone ocidental* (1994), de Harold Bloom[72], que vai na contramão da relativização do cânone e provavelmente reaja à sua desestabilização, tenha espaço e circulação garantidos. Como acontece no campo da história, os estudos literários são terreno de disputa, e a

---

71. CARVALHO, Aline; MENEGUELLO, Cristina (Orgs.). *Dicionário temático de patrimônio: debates contemporâneos.* Campinas, SP: Editora da Unicamp, 2020, p. 24.
72. BLOOM, Harold. *O cânone ocidental: Os livros e a escola do tempo.* Tradução de Marcos Santarrita. Rio de Janeiro: Objetiva, 1995.

preservação, derrubada ou atualização do cânone é tópico corrente e muitas vezes controverso.

Não vou me alongar nessa questão, longamente debatida no campo literário, refiro apenas a lucidez de Beatriz Sarlo que tratou do cânone em termos razoáveis:

> Uma atropelada ambição pensa a crítica como tribuna do cânone, e o crítico como juiz. Nenhum livro entra no cânone somente por uma leitura. É preciso mais: instituições, que prazos sejam cumpridos, aceitação de outros críticos, públicos que se deixem convencer. A "teoria do cânone" impregna a crítica de intrascendência, embora se ocupe de denunciar seu poder ou se vanglorie em afirmá-lo. O cânone é perecível, embora tenha a fantasia de mármore da história literária. O crítico que escreve para fundar um cânone se resigna a ser, em poucos anos, um sujeito anacrônico. O cânone é um efeito, não um produto do voluntarismo.[73]

Com isso chegamos à provocação expressa no título deste artigo. Chamar Mario Vargas Llosa (Peru, 1936) e Jorge Luis Borges (Argentina, 1899 – 1986) de monumentos literários, por um lado

---

73. SARLO, Beatriz. *Ficciones argentinas: 33 ensayos*. Buenos Aires: Mardulce, 2012, p. 12-13, tradução minha.

coloca-os no lugar confortável das homenagens, por outro localiza o problema neste tempo em que monumentos vêm abaixo. O assunto ganha outra dimensão quando um monumento escreve um livro sobre o outro: Vargas Llosa acaba de publicar *Medio siglo con Borges*.

O livro reúne textos de Vargas Llosa sobre o escritor argentino publicados em jornais, a maioria de Lima, Londres, Madri e Paris, entre 1963 e 2014, o que fecharia o meio século com Borges que dá título ao conjunto. Aparentemente, o livro estava pronto em 2014[74], data do último texto e do poema introdutório, e é difícil saber por que ele veio a público só em 2020. Conhecendo o rigor da Fundação Internacional Jorge Luis Borges, capitaneada por María Kodama até sua morte em 2023 (Kodama é elogiada por Vargas Llosa em um dos textos, vale

---

74. É preciso registrar que a edição é um tanto descuidada. A introdução, assinada por Vargas Llosa, está datada em 2004, mas é pouco provável que o texto tenha sido escrito nesse ano, já que o livro reúne ensaios publicados em 2008, 2011 e 2014. Além disso, há um texto incorporado no livro de 2020 que já havia sido publicado em livro anterior de Llosa, *El viaje a la ficción: El mundo de Juan Carlos Onetti* (Alfaguara, 2008). Esse texto, uma comparação entre Borges e Onetti, aparece como sendo de 2018. Enfim, a datação dos textos incluídos em *Medio siglo con Borges* é, no mínimo, confusa.

registrar), em autorizar a publicação de qualquer material que envolva o nome de Borges, essa demora na edição do livro de Llosa pode ter passado por aí. Será que até o Prêmio Nobel de Literatura, que também ostenta uma menção menos honrosa – foi citado nos *Panamá Papers* (injustamente, segundo ele), teve problemas para usar o santo nome de Borges? Monumentos, monumentos...

Saindo do terreno da especulação, o poema que abre o livro (sim, Vargas Llosa, esse romancista convicto, escreveu um poema sobre Borges; um poema narrativo e de síntese, mas ainda assim um poema) pede um comentário mais demorado.

> Do equívoco ultraísta
> de sua juventude
> passou a poeta criollista,
> portenho, brega, patrioteiro
> e sentimental.
> Documentando infâmias alheias
> para uma revista de senhoras,
> se tornou um clássico
> (genial e imortal).
> [...]
> Seu quarto de brinquedos
> foi sempre um
> bric-à-brac:
> tigres, espelhos, alfanjes,

labirintos,
compadritos, encrenqueiros,
gauchos, sonhos, duplos,
cavalheiros e
assexuados fantasmas.
Inteligente demais
para escrever romance
se multiplicou em contos
insólitos,
perfeitos, cerebrais
e frios como círculos.
[...]
Viveu lendo e leu vivendo
– não é a mesma coisa –
porque tudo na vida
verdadeira
o assustava,
principalmente
o sexo e
o peronismo.
Era um aristocrata
meio anarquista
e sem dinheiro,
um conservador,
um agnóstico
obsessivo por religião,
um intelectual erudito,
sofista,
brincalhão.
Feitas as contas:

o escritor mais sutil e elegante
de seu tempo.
E,
provavelmente,
essa raridade:
uma boa pessoa.[75]

O poema parece registrar, em chave irônica e talvez agressiva, uma tensão presente no livro todo. Ao mesmo tempo em que Llosa reverencia Borges pelo estilo elegante, pela inteligência extraordinária, pelos contos perfeitos, pontua a ausência de certa corporeidade na obra do argentino, manifestada especialmente em sua aversão à política e ao sexo, o que também afastaria Borges do romance. Essa tensão torna o livro interessante em mais de um aspecto, principalmente porque retira Borges de qualquer pedestal. O ponto de vista de Vargas Llosa é crítico, suas análises são precisas e sofisticadas, em certos tópicos antecipam leituras de especialistas consagrados, como comentaremos a seguir. O problema é que o ponto de vista de Vargas Llosa é autocentrado e pouco autocrítico, e o andamento do texto às vezes sugere que o defeito de Borges

---

[75]. VARGAS LLOSA, Mario. *Medio siglo con Borges*. Barcelona: Alfaguara, 2020, p. 9-11, tradução minha.

é não ser um romancista "viril" e politizado como ele. Monumentos, monumentos...

A contagem do meio século de Vargas Llosa com Borges começa em 1963, data de *Preguntas a Borges*, entrevista publicada em jornais de Paris e Lima. Nessa época Llosa, com 27 anos, então autor da coletânea de contos *Os chefes* (1959)[76] e do romance *A cidade e os cachorros* (1963)[77], já aparecia como escritor de talento, mas muitos degraus abaixo do sexagenário argentino recebido com pompa em Paris. Essa disparidade fica evidente no acanhamento das perguntas – o que está fazendo na França? O que achou do encontro de escritores? Qual seu escritor francês favorito? Que livros levaria para uma ilha deserta? – e na perspicácia das respostas de Borges.

Um exemplo. Quando Borges cita Flaubert como o grande escritor francês, Vargas Llosa emenda uma pergunta sobre qual dos dois Flaubert, o realista de *Madame Bovary* e *A educação*

---

76. No Brasil, traduzido por Remy Gorga Filho para a editora Nova Fronteira em 1976.
77. Publicado no Brasil com o título *Batismo de fogo*, tradução de Milton Persson para a Nova Fronteira em 1977. Depois editado pela Companhia das Letras, em 1997, com o título *A cidade e os cachorros*, tradução de Sérgio Molina.

sentimental ou o das grandes construções históricas *Salambô* e *As tentações de Santo Antão*. Sempre desconfiado das categorias e classificações, Borges dispara: o terceiro Flaubert, do inconcluso *Bouvard e Pécuchet*. Em 1975, Vargas Llosa publica *A orgia perpétua*[78], estudo dedicado à obra de Flaubert, muitíssimo mais sofisticado que o esquema antitético apresentado a Borges na entrevista.

O jovem Vargas Llosa, nessa entrevista de 1963, intuiu mas não avançou na identificação de Paris como centro legitimador da obra de Borges internacionalmente. Ele desenvolve o tema em artigo de 1999, também incluído em *Medio siglo con Borges*. Em *Borges en París*, Llosa, a essa altura consagrado nome do boom latino-americano, é certeiro: nenhum país desenvolveu melhor que a França a arte de detectar o gênio artístico forâneo e, entronizando-o e irradiando-o, apropriar-se dele.[79]

Esse diagnóstico sobre a centralidade agressiva de Paris no campo literário está em sintonia com excelentes estudos sobre o tema, *A república*

---

78. Tradução de Remy Gorga Filho para a editora Francisco Alves em 1979.
79. VARGAS LLOSA, Mario. *Medio siglo con Borges*. Barcelona: Alfaguara, 2020, p. 67, tradução minha.

mundial das letras, de Pascale Casanova, por exemplo, publicado em francês no mesmo ano do artigo de Llosa, 1999. Nesse livro, Casanova trata as tensões do meio literário como uma bolsa de valores que escancara o desequilíbrio entre centro e periferia[80]. Nesse modelo, Paris ocupa o lugar de capital literária capaz de atrair autores das margens para o centro da cena literária. Borges é recorrentemente citado por Casanova como exemplo dessa dinâmica, flagrada também por Vargas Llosa no artigo citado.

Nesse texto, Llosa relembra o encontro de 1963 e o alvoroço causado por Borges na Paris dos anos 1960: conferências lotadas, com ilustres presenças na plateia (Roland Barthes, para ficar no exemplo mais eloquente) homenagens em suplementos literários, traduções e, claro, a referência a Borges no prefácio de *As palavras e as coisas* (1966), de Michel Foucault. O mote para *Borges en París* é o centenário de nascimento do argentino (1899 – 1999), largamente comemorado na capital francesa e descrito por Llosa como quase caricatural: "trombetas e fastos do centenário".[81]

---

80. CASANOVA, Pascale. *A república mundial das letras*. Tradução de Marina Appenzeller. São Paulo: Estação Liberdade, 2002, p. 27.
81. VARGAS LLOSA, 2020, p. 70, tradução minha.

Aparecem também nesse texto avaliações que Llosa repete em outros da coletânea, o estilo inteligente e límpido de Borges, a concisão matemática, a adjetivação audaz, sua aversão ao gênero romance, seu venenoso senso de humor (chamou García Lorca de andaluz profissional, rebatizou o romance de Eduardo Mallea para *Todo lector perecerá* – o título verdadeiro é *Todo verdor perecerá* –, disse que a obra de Ernesto Sábato pode ser posta na mão de qualquer um sem nenhum perigo...).

O ensaio de maior fôlego do livro é *Las ficciones de Borges*, de 1987. Registro de uma conferência em Londres, nesse texto Vargas Llosa comenta com mais detalhe aquelas que para ele são as linhas de força da narrativa borgeana. Esse comentário vem, no entanto, atravessado pela reflexão sobre sua própria narrativa, o quanto Llosa traçou para si um projeto literário em muitos sentidos oposto ao de Borges. Ele abre o texto com uma referência a Sartre e a tese do engajamento do escritor, sua referência de juventude, e o quanto o fascínio por Borges, iniciado na mesma época, colidia com esse modelo. Conclui afirmando que o Vargas Llosa de 1987 se afastou de Sartre e não deixou de admirar Borges, embora tenha também em relação a ele divergências artísticas e políticas.

No âmbito da admiração, Vargas Llosa aponta a ruptura que Borges representou com certo complexo de inferioridade do escritor latino-americano, a ideia de que todos têm direito à cultura ocidental. E isso sem deixar de ser profundamente argentino, conhecendo as limitações e potencialidades de sua condição periférica. Aqui, novamente Llosa está em sintonia com o debate teórico do período: *Modernidade periférica*, de Beatriz Sarlo, é de 1988, *Jorge Luis Borges, um escritor na periferia*, também de Sarlo, de 1993.

Sarlo, uma das mais respeitadas intérpretes borgeanas, trata nesses dois livros da relação entre literatura e sociedade em um país periférico que se moderniza fortemente, a Argentina. Em *Modernidade periférica*, ela analisa as respostas literárias que escritores e escritoras de diferentes classes sociais e posições políticas (Borges incluído obviamente) deram à transformação de Buenos Aires em metrópole nos anos 1920 e 1930.[82] Em *Jorge Luis Borges,*

---

82. SARLO, Beatriz. *Modernidade periférica*: Buenos Aires 1920 e 1930. Tradução de Júlio Pimentel Pinto. São Paulo: Cosac Naify, 2010, p. 81-94.

um escritor na periferia ela segue com problema semelhante mas dedicando-se exclusivamente à literatura de Borges. O argumento de Sarlo é que o cosmopolitismo de Borges é altamente argentino, que Borges registrou como ninguém o conflito de se escrever literatura em uma nação periférica. Para Sarlo, Borges imaginou uma relação não dependente da literatura estrangeira, dialogou de igual para igual com a literatura ocidental, fez da margem uma estética.[83] E é mais ou menos essa a conclusão a que chega Vargas Llosa no texto de 1987. Em suas palavras: "Poucos escritores europeus assumiram de forma tão plena e tão cabal a herança do Ocidente como esse poeta e contista da periferia. [...] Seu cosmopolitismo, essa avidez por adonar-se de um âmbito cultural tão vasto, de inventar um passado próprio com o alheio, é uma maneira profunda de ser argentino, ou seja, latino-americano".[84]

Ainda em *Las ficciones de Borges*, Llosa aponta outra dívida dos escritores latino-americanos com

---

83. SARLO, Beatriz. *Borges, un escritor en las orillas*. Buenos Aires: Seix Barral, 2007, p. 14-15, tradução minha.
84. VARGAS LLOSA, Mario. *Medio siglo con Borges*. Barcelona: Alfaguara, 2020, p. 49-50, tradução minha.

o argentino, o que ele chama de uma revolução na tradição estilística da língua espanhola. Segundo Vargas Llosa, na prosa de Borges há quase tantas ideias quanto palavras, ou seja, se expressa em uma precisão e concisão absolutas, algo frequente nas tradições de língua inglesa e francesa, mas pouco presente na língua espanhola, para Llosa, caracterizada pela abundância, a expressividade emocional e certa imprecisão conceitual. Novamente em suas palavras: "Dentro dessa tradição [de língua espanhola], a prosa criada por Borges é uma anomalia, pois desobedece intimamente a predisposição natural da língua espanhola para o excesso, optando pela mais estrita brevidade".[85]

Deixando de lado o tanto de generalização que pode haver nessa síntese de Llosa, é interessante observar o quanto esse elogio ao estilo de Borges logo se transforma em crítica, já que a precisão e perfeição da prosa borgeana seriam também responsáveis por seu desdém pelo romance. Para Llosa, há uma imperfeição congênita ao gênero romanesco, uma dependência do "barro humano", intolerável para Borges. Em singular argumentação,

---

85. VARGAS LLOSA, Mario. *Medio siglo con Borges*. Barcelona: Alfaguara, 2020, p. 53, tradução minha.

Vargas Llosa usa um mesmo aspecto da prosa de Borges para saudá-lo e apontar uma limitação, pois Llosa parece sugerir que não escrever romance é um defeito de Borges.

Minha afirmação é um pouco exagerada, para Llosa o descaso de Borges pelo romance é consequência da prosa que valoriza e não resistência ao gênero em si, mas esse exagero ilumina, acho, um traço importante da concepção de Llosa sobre o romance. Para o peruano, o romance é dependente do "barro humano", está condenado a se confundir com a totalidade da experiência humana, ideias e instintos, indivíduo e sociedade, o vivido e o sonhado, e não pode ser confinado ao puramente especulativo e artístico. Ou seja, Llosa está vinculado (como ensaísta e como romancista) à tradição realista do romance, não diria lukacsiana, pois ele se afasta cada vez mais de qualquer perspectiva de esquerda, mas ainda assim realista, empenhada em elaborar literariamente aspectos da realidade social.

Talvez seja essa filiação à tradição realista que leve Llosa a encerrar seu comentário sobre a ficção de Borges de forma bastante crítica:

Nenhuma obra literária, por mais rica e acabada que seja, está livre de sombras. No caso de Borges, sua obra padece, em certos momentos, de etnocentrismo cultural. O negro, o índio, o primitivo em geral aparecem em seus contos como seres ontologicamente inferiores, consumidos por uma barbárie que não parece histórica ou socialmente circunstanciada, e sim natural a uma raça ou condição. Eles representam uma infra humanidade, afastada do que para Borges é o humano por excelência: o intelecto e a cultura literária. Nada disso é afirmado explicitamente nem é, de forma alguma, consciente; transparece, desponta de viés em uma frase ou é o que se supõe de determinados comportamentos. [...] para Borges a civilização só podia ser ocidental, urbana e quase toda branca. O Oriente se salvava, mas como apêndice, filtrado pelas versões europeias do chinês, do persa, do japonês ou do árabe. Outras culturas, que também fazem parte da realidade latino-americana – como a indígena e a africana –, talvez por sua frágil presença na sociedade argentina em que viveu a maior parte de sua vida, aparecem em sua obra mais como um contraste do que como outras variantes do humano. Essa é uma limitação que não empobrece os demais admiráveis valores da obra de Borges, mas que convém não eludir dentro de uma apreciação de conjunto do que ela significa. Uma limitação que, talvez, seja outro indício de sua humanidade, pois, como já se repetiu infinitamente, a perfeição absoluta não parece deste mundo, nem mesmo em obras artísticas de criadores que, como Borges, estiveram mais perto de alcançá-la. [86]

Em 1987 Vargas Llosa reprovava o conteúdo racista da obra de Borges e assumia uma postura dialética não raro ausente na fortuna crítica do argentino. Com isso, podemos retomar, meio abruptamente, o debate sobre o movimento atual de derrubada das estátuas e sua historicidade brutal: a violência policial e de agentes da "ordem" contra pessoas negras, que com o assassinato de George Floyd ganhou cobertura internacional, mas está longe de ser ato isolado (em Porto Alegre, a tortura, o espancamento, o assassinato de João Alberto Freitas no estacionamento do Carrefour reafirmam nosso fracasso civilizacional). Passei de um assunto a outro de forma extremamente brusca e talvez irresponsável para evidenciar que o racismo, ou melhor, a tolerância que cada presente tem com o racismo incrustado na sociedade e na cultura, é pedra de toque para o debate sobre os

---

86. VARGAS LLOSA, Mario. *Medio siglo con Borges*. Barcelona: Alfaguara, 2020, p. 64-65, tradução minha.

monumentos, sua destruição, manutenção ou atualização. Por um lado, é preciso saudar a dialética de Vargas Llosa, sua avaliação crítica complexifica nossa relação com um escritor-monumento como Borges. Por outro, precisamos atualizar essa crítica, nosso presente pode e quer relativizar o racismo na obra de Borges em nome dos inúmeros valores que ela possa ter? As revoluções estilísticas e o inconformismo intelectual de Borges são suficientemente revolucionários e inconformistas hoje?

De novo, como no campo da história, esse terreno está em disputa no meio literário. Haverá quem defenda Borges inclusive da crítica de Vargas Llosa. Haverá quem concorde *ipsis litteris* com Llosa, quem ache sua leitura amena e condescendente, e uma série de outras reações que não sou capaz de aventar. Isso não quer dizer que essas reações sejam igualmente legítimas porque elas podem se fundar em preconceito e ignorância. É importante ter consciência que em sociedades racistas e desiguais como a brasileira e grande parte das latino-americanas (mas não só nelas), em que intelectuais negros e indígenas foram historicamente excluídos do debate público, há consensos tidos como generalizáveis que são, na verdade, naturalizações da intelectualidade branca. Idealmente, a intelectualidade branca deveria fazer valer a racionalidade que tanto propaga para ampliar o repertório de argumentos e ressalvas escutando as vozes antes lateralizadas e que agora com justiça protagonizam a cena. Em 1988, Lélia Gonzalez já afirmava:

> Graças aos trabalhos de autores africanos e amefricanos – Cheikh Anta Diop, Théophile Obenga, Amílcar Cabral, Kwame Nkrumah, W. E. B. Du Bois, Chancellor Williams, George G. M. James, Yosef A. A. Ben-Jochannan, Ivan Van Sertima, Frantz Fanon, Walter Rodney, Abdias do Nascimento e tantos outros –, sabemos o quanto a violência do racismo e de suas práticas nos despojou do nosso legado histórico, da nossa dignidade, da nossa história e da nossa contribuição para o avanço da humanidade nos níveis filosófico, científico, artístico e religioso.[87]

Há outro texto de *Medio siglo con Borges* que pede um comentário mais demorado. Em *Borges, político*, de 1999, Llosa segue a avaliação crítica agora comentando a discutível atuação política de Borges. Como se sabe, em termos políticos, Borges

---

87. GONZALEZ, Lélia. *Por um feminismo afro-latino-americano*. Organização Flavia Rios e Márcia Lima. Rio de Janeiro: Zahar, 2020, p. 136.

foi um conservador, muitas vezes reacionário. São inúmeras suas falas antidemocráticas, em especial envolvendo o contexto argentino, mas também para além dele. Llosa não diminui esse aspecto da trajetória de Borges, até porque eles compartilham parte desse conservadorismo (que para eles são ideias liberais). Mas Vargas Llosa faz questão de se distinguir de Borges quando o assunto é o apoio a ditadores, principalmente Videla e Pinochet. Ele se pergunta: "Como se explica essa cegueira política e ética em quem, com respeito ao peronismo, ao nazismo, ao marxismo, ao nacionalismo, tinha se mostrado tão lúcido?".[88]

Novamente deixando de lado o quanto há de cegueira política e ética de Vargas Llosa por colocar em linha peronismo, nazismo, marxismo e nacionalismo, como se o nazismo fosse comparável aos outros três, como se os quatro termos fossem comparáveis entre si, enfim, deixando de lado esse ponto grave, a afirmação reforça o ponto de vista crítico de Llosa em relação a Borges. Como em outros momentos do livro, ele não recua diante de aspectos condenáveis da trajetória do argentino,

---

88. VARGAS LLOSA, Mario. *Medio siglo con Borges*. Barcelona: Alfaguara, 2020, p. 83, tradução minha.

embora esses aspectos não diminuam seu interesse e admiração pela literatura de Borges. Vargas Llosa identifica racismo em textos de Borges e posturas antidemocráticas em sua atuação como homem público e também considera revolucionário seu estilo literário e definitiva sua influência entre os escritores de língua espanhola. Quanto dessa mediação não é dependente de alguém como Llosa, homem branco Prêmio Nobel de Literatura? Isso que aprendemos a valorizar como razoabilidade pode ser generalizável como atuação ideal da crítica?

Atualizar a crítica

Bom, escrevi este texto, despendi tempo e energia tentando entender o lugar de um livro de Vargas Llosa sobre Borges à luz do movimento atual de derrubada de monumentos. Escolhi escrever sobre esse livro e esses autores e não sobre outros mais urgentes e que recebem menos atenção da crítica, porque acho que esses movimentos são mais complementares do que excludentes. Atualizar a crítica é lançar novos problemas ao que já está assentado e abrir espaço para o que estava fora. Se estou reafirmando Borges e Vargas Llosa como monumentos, se estou defendendo a necessidade de seguirmos nos dedicando ao cânone – e parte dessa postura responde a meu lugar de professora universitária branca – essa posição não indica necessariamente homenagem e desejo acrítico de permanência. Os monumentos estão caindo porque o presente está revendo suas homenagens, mas homenagear não é a única função dos monumentos. Nesse sentido, há uma sabedoria na derrubada de monumentos em que predominam o conformismo e a reverência.

Mediação semelhante pode ser feita no debate sobre o cânone literário. O que precisa ser questionada é a reverência a um conjunto de livros e autores destituída de crítica e de atualização de perguntas. Assim, o livro de Vargas Llosa cumpre uma função importante na arguição do cânone na medida em que não assume tom meramente reverencial, mais importante ainda se consideramos o alcance mercadológico de um livro desse tipo; muitos leitores se informarão por esse livro dos aspectos questionáveis da trajetória de Borges.

Embora Vargas Llosa tenha feito o que poderíamos chamar de monumentalização crítica de Borges, ele não fez todo o trabalho. É tarefa de outros críticos tensionar a posição de Llosa e dessa tensão pode-se chegar à conclusão de que sua crítica é insuficiente, equivocada, autorreferente. A frase lapidar de Walter Benjamin – não há um documento de cultura que não seja também um documento de barbárie[89], deveria ser uma premissa para historiadores e historiadores literários empenhados em entender seus objetos de forma complexa. O problema é que inclusive os conceitos de cultura e barbárie estão em constante disputa e tensão. Um campo intelectual ampliado, com pesquisadores antes secundarizados do debate, pode nos ensinar a ler barbárie onde vemos apenas cultura.

---

89. BENJAMIN, Walter. Sobre o conceito de história. In: LÖWY, Michael. *Walter Benjamin: aviso de incêndio – Uma leitura das teses "Sobre o conceito de história"*. Tradução de Wanda Nogueira Caldeira Brant. Tradução das teses Jeanne Marie Gagnebian e Marcos Lutz Müller. São Paulo: Boitempo, 2005, p. 70.

Bibliografia citada

ARCHIVO nuestras arquitetas: <https://nuestrasarquitectas.wordpress.com/>. Acesso em 11 de janeiro de 2024.

BARRAL, Manuela. *Victoria Ocampo y la arquitectura moderna: una extraña invisibilización.* Vivienda y Ciudad, n. 8, 2021.

BAUER, Irene Chikiar. Victoria Ocampo: testimonios de una ensayista personal. In: OCAMPO, Victoria. *El ensayo personal.* Introducción y selección de Irene Chikiar Bauer. Buenos Aires: Mardulce, 2021.

BENJAMIN, Walter. Sobre o conceito de história. In: LÖWY, Michael. *Walter Benjamin: aviso de incêndio – Uma leitura das teses "Sobre o conceito de história".* Tradução de Wanda

Nogueira Caldeira Brant. Tradução das teses Jeanne Marie Gagnebian e Marcos Lutz Müller. São Paulo: Boitempo, 2005.

BLOOM, Harold. *O cânone ocidental: Os livros e a escola do tempo*. Tradução de Marcos Santarrita. Rio de Janeiro: Objetiva, 1995.

BORGES, Jorge Luis. *Discussão*. Tradução de Josely Vianna Baptista. São Paulo: Companhia das Letras, 2008.

BORGES, Jorge Luis. *O Aleph*. Tradução de Davi Arrigucci Jr. São Paulo: Companhia das Letras, 2008.

BURKE, Peter. *O polímata: uma história cultural, de Leonardo da Vinci a Susan Sontag*. Tradução de Renato Prelorentzou. São Paulo: Editora Unesp, 2020.

BURKE, Peter (Org.). *A escrita da História: novas perspectivas*. Tradução de Magda Lopes. São Paulo: Editora da Unesp, 1992.

CARVALHO, Aline; MENEGUELLO, Cristina (Orgs.). *Dicionário temático de patrimônio: debates contemporâneos*. Campinas, SP: Editora da Unicamp, 2020.

CASANOVA, Pascale. *A república mundial das letras*. Tradução de Marina Appenzeller. São Paulo: Estação Liberdade, 2002.

CERTEAU, Michel de. *A escrita da História*. Tradução de Maria de Lourdes Menezes. Rio de Janeiro: Forense, 2017.

DE DIEGO, José Luis (dir.). *Editores y políticas editoriales en Argentina (1880-2010)*. Buenos Aires: Fondo de Cultura Económica, 2014.

FREUND, Gisèle. El mundo y mi cámara. In: *Gisèle Freund: los años americanos de la gran fotógrafa de la cultura*: <https://www.infobae.com/cultura/2021/09/23/gisele-freund-una-muestra-en-europa-recupera-sus-anos-en-america-latina/>. Acesso em 11/01/2024.

ENRIQUEZ, Mariana. *A irmã menor: um retrato de Silvina Ocampo*. Tradução de Mariana Sanchez. Belo Horizonte: Relicário, 2022.

GONZALEZ, Lélia. *Por um feminismo afro-latino-americano*. Organização Flavia Rios e Márcia Lima. Rio de Janeiro: Zahar, 2020.

GRAMUGLIO, María Teresa. *Sur: constitución del grupo y proyecto cultural*. Punto de Vista, Buenos Aires, año VI, n.17, 1983.

GRAMUGLIO, María Teresa. *Sur en la década del 30, una revista política*. Punto de Vista, Buenos Aires, Año IX, n.28, 1986.

GRAMUGLIO, Maria Teresa. *Sur: uma minoria cosmopolita na periferia ocidental*. Tradução de Fábio Cardoso Keinert. Tempo Social, revista de sociologia da USP, v. 19, n. 1, jun. 2007.

GUTIÉRREZ, Ramón. Le Corbusier en Buenos Aires: nuevas lecturas sobre el viaje de 1929. In: MARTÍNEZ MEDINA, Andrés; GUTIÉRREZ MOZO, María Elia; GUERRERO LÓPEZ, Salvador (eds.). *Le Corbusier: mensaje en una botella*. Alicante: Colegio Territorial de Arquitectos de Alicante, 2011.

HELFT, Nicolás; GREMENTIERI, Fabio. *Patrimonio en el siglo XXI: el caso Villa Ocampo*. Buenos Aires: Yo Editor, 2018.

LUDMER, Josefina. Las tretas del débil. In: *La sartén por el mango*. Puerto Rico: Ediciones El Huracán, 1985.

MARTÍNEZ, Tomás Eloy. *Santa Evita*. Tradução Sérgio Molina. São Paulo: Companhia das Letras, 1996.

MICELI, Sergio. *Sonhos da periferia: inteligência argentina e mecenato privado*. São Paulo: Todavia, 2018.

OCAMPO, Silvina. *A fúria*. Tradução de Livia Deorsola. São Paulo: Companhia das Letras, 2019.

OCAMPO, Silvina. *As convidadas*. Tradução de Livia Deorsola. São Paulo: Companhia das Letras, 2022.

OCAMPO, Victoria. *338187 T. E. Lawrence de Arabia*. Buenos Aires: Letemendia Casa Editora, 2013.

OCAMPO, Victoria. *Autobiografía III: La rama de Salzburgo*. Buenos Aires: SUR, 1981.

OCAMPO, Victoria. *El ensayo personal*. Introducción y selección de Irene Chikiar Bauer. Buenos Aires: Mardulce, 2021.

OCAMPO, Victoria. *La viajera y sus sombras: Crónica de un aprendizaje*. Selección y prólogo de Sylvia Molloy. Buenos Aires: Fondo de Cultura Económica, 2010.

OCAMPO, Victoria. Mujeres en la Academia. In: *Testimonios – Décima serie (1975-1977)*. Buenos Aires: Sur, 1978.

OCAMPO, Victoria. *Testimonios, novena serie – 1971/1974*. Buenos Aires: Sur, 1979.

OCAMPO, Victoria; WOOLF, Virginia. *Correspondencia*. Compilado por Manuela Barral. Buenos Aires: Rara Avis, 2020.

ORTIZ, Alicia Dujovne. *Eva Perón: a madona dos descamisados*. Tradução Clóvis Marques. Rio de Janeiro: Record, 1997.

OTTINO, Mónica. *Evita y Victoria: comedia patriótica en tres actos*. Buenos Aires: Grupo Editor Latinoamericano, 1990.

PIGLIA, Ricardo. *Respiração artificial*. Tradução de Heloisa Jahn. São Paulo: Companhia das Letras, 2010.

PIGLIA, Ricardo. *Respiración artificial*. Buenos Aires: Debolsillo, 2013.

SARLO, Beatriz. *A paixão e a exceção: Borges, Eva Perón, Montoneros*. Tradução Rosa Freire d'Aguiar e outros. São Paulo: Companhia das Letras, 2005.

SARLO, Beatriz. *Borges, un escritor en las orillas*. Buenos Aires: Seix Barral, 2007.

SARLO, Beatriz. *Ficciones argentinas: 33 ensayos*. Buenos Aires: Mardulce, 2012.

SARLO, Beatriz. *La máquina cultural: maestras, traductores y vanguardistas*. Buenos Aires: Seix Barral, 2007.

SARLO, Beatriz. *Modernidade periférica: Buenos Aires 1920 e 1930*. Tradução de Júlio Pimentel Pinto. São Paulo: Cosac Naify, 2010.

SUR, Biblioteca Nacional Argentina: <https://catalogo.bn.gov.ar/F/?func=direct&doc_number=001218322&local_base=GENER>. Acesso em 11/01/2024.

VARGAS LLOSA, Mario. *Medio siglo con Borges*. Barcelona: Alfaguara, 2020.

VÁZQUEZ, María Celia. *Victoria Ocampo, cronista outsider*. Rosario: Beatriz Viterbo Editora, 2019.

VÁZQUEZ, María Celia. *Victoria Ocampo, una mujer incómoda*. <https://www.pagina12.com.ar/220769-victoria-ocampo-una-mujer-incomoda>. Acesso em 11/01/2024.

VÁZQUEZ, María Esther. *Victoria Ocampo: el mundo como destino*. Buenos Aires: Seix Barral, 2003.

VENUTI, Lawrence. *A invisibilidade do tradutor: uma história da tradução*. Tradução de Laureano Pelegrin e outros. São Paulo: Editora da Unesp, 2021.

VEYNE, Paul. *Como se escreve a história; Foucault revoluciona a história*. Tradução de Alda

Baltar e Maria Auxiliadora Kneipp. Brasília: Editora da UnB, 1998.

WAISMAN, Sergio. *Borges y la traducción*. Traducción de Marcelo Cohen. Buenos Aires: Adriana Hidalgo editora, 2005.

WILLSON, Patricia. *La Constelación del Sur: traductores y traducciones en la literatura argentina del siglo XX*. Buenos Aires: Siglo XXI editores, 2017.

WILLSON, Patricia. *Página impar: Textos sobre la traducción en Argentina: conceptos, historia, figuras*. Buenos Aires: EThos Traductora, 2019.

Este livro foi composto com fonte tipográfica
Cardo 11pt e impresso sobre papel Pólen bold
90g/m² pela gráfica Odisséia para a Editora
Coragem no outono de 2024.